月光光

月是故鄉圓，水是故鄉甜。
一群生長在農村或山鄉的卑微人物，
靠著堅忍的毅力，不斷挑戰命運，在異鄉開創不同的人生。
但落葉為何歸根？只因他對這片土地愛得深沉！

姜義湧——著

如是文化

目次

推薦序

能夠書寫就是一種幸福

潘樵

我喜歡閱讀，對於小說更是沉迷，因此常常會利用工作的空檔，翻閱各種風格不同的小說作品，包括鄉土、愛情、科幻、推理及武俠等等。總覺得，透過作者的文字，我們可以輕易地就領略作者的思想、情感，甚至是人生歷練，不管其小說的情節是寫實還是虛構，那都是一種美好的體驗。

很多年前，我曾經協助南投縣埔里鎮公所，進行埔里在地的客家人文調查，結案之後，我在有意無意之間養成了一種習慣，對於一些在各行各業具有傑出表現的客籍人士總會特別留意，甚至私底下進行相關資料的記錄，企圖為在地的客家文化留存一些可能有用的檔案。因此，儘管與本書的作者姜義湧素昧平生，但是基於他的客家身分，加上其兄長姜義勝是我在暨南大學的同事，因此受其囑託，我很高興為這本小說集《月光光》寫序，而且還深深地覺得與有榮焉呢！

因為我本身也是客家人，因此《月光光》這本由客籍作家所寫的客家故事，讓我有種莫名的感動與榮耀。長久以來，我始終覺得，能夠書寫就是一種幸福，因為透過書寫，不但可以記錄心情與生活，甚至還能分享生命中的點點滴滴，包括喜怒哀樂也包括悲歡離合，那無疑是一種精彩的擁有。

雖然在現實的生活中，作者曾經與寫作疏遠過一段時日，但是顯然沒有埋沒了他的書寫才華，在《月光光》一書中，每篇小說都文字淺顯親切、情感自然流露，同時還擁有純樸的鄉土背景，所以讓人讀來頗有共鳴；因為我也生在鄉間、長在農村，對於小說中的人物並不陌生，對於那些小人物的際遇亦能感同身受，因此輕易地就能融入小說的情節當中，但是書中的篇數稍嫌不足，讓人有種意猶未盡的感覺。

不過這應該不是問題，相信在《月光光》這本書出版之後，必然會給作者帶來更多的激勵，加上作者本身的書寫才華，相信在不久的將來，必然會給大家帶來更多動人的作品，且讓我們拭目以待。

（潘樵，本名潘祈賢，目前服務於國立暨南國際大學，其作品曾榮獲金鼎獎的肯定，二〇一六年獲頒南投縣玉山文學貢獻獎。）

自序

我出生在桃園市濱海的客家農村，家族世代務農，大家從小就要幫忙農事。因為我是全家最小的孩子，有時候可以偷懶不下田，躲在家裡偷看散文或小說，漸漸的就愛上文學與寫作。

那個年代生活窮困，在我們鄉下，父母大都沒受過教育，更不在意孩子的課業，開學註冊就要糶穀換錢或向鄰居借錢，更談不上高貴的文學與寫作。

我在求學期間因沉浸在散文與小說中，常常荒廢課業，所以在校成績平平，但每位國文老師對我都印象深刻，因為下課時我常常拿課外題問老師，弄得老師無法好好休息。後來也常常代表學校參加作文比賽，因為住在偏僻的新屋區鄉下，交通不便，高中國文老師好幾次一大早騎摩托車到家裡，載我去參加全縣及全省的作文比賽。那個年代的作文比賽題目都是反共八股文，完全沒有文學氣息。我氣得偷偷亂寫交差，現在想想真是對不起老師。後來我到外島服兵役，因為自傳寫得比所有國立大學畢業生還好，順理成章當上文書班長。退役後原想北上報考華視編劇班，但在父母期待下自修報考公職，沒想到第一次就順利考取，而且服務公職已三十幾年。

自一九八八年開始服公職又要進修便放棄寫作夢想。一直到二〇〇五年小孩上小學四年級，為了教導自己小孩寫作，義務擔任唐詩晨光老師。除了編寫唐詩教材，也開始拾筆寫作，我的第一篇小說〈油桐花開〉便在此種情況下完成。接著陸續完成〈月光光〉、〈貓公〉二篇小說，後來也嘗試寫中篇小說〈再生緣〉。今年我將上述作品彙整成一本小說集，在此我要特別感謝客籍作家潘樵老師百忙中撥冗為我寫序，同時也要感謝如是文化協助小說集的出版。

浮生若夢，回首自己起落的人生轉變為寫作的因緣，而孕育我的鄉土又提供寫作的素材，至於那生活窮困的年代，也成了我一生中最難忘的時光。

姜義溥

二〇二一年八月

月光光

「天上的主啊！請祢赦免我們的罪……」

在新屋鄉街上臨圳的聖心天主教堂傳出陣陣神父禱告聲，幾個小孩在院子裡眼睛眨巴眨巴望著教堂裡禱告的人。

「阿貴不要走嘛，再等一下下！就分糖果、餅乾了！」小個頭的小孩向高個頭小孩說。

「唉！家裡雜貨店偷偷拿幾塊糖果、餅乾就好了，在這裡還要聽神父說『什麼主啊！』實在很無聊哪！又沒什麼好玩的？」

「阿貴，你不要走嘛！你一走，蓉妹分不到糖果、餅乾。」一個小女孩蹲在角落，眼神有些失落。

阿貴瞅了蓉妹一眼，「哦！好吧！我們大家在這裡等糖果、餅乾，先走的人是臭屎蟲。」

「我們大家一起來念『月光光』玩好嗎？」

「念錯的，要當鬼！」我來先念：「月光光，好種薑，薑畢目，好種竹，竹開花，好種瓜，瓜盲大，摘來賣，賣著三顯錢，拿去學打棉，棉線斷，學打磚……」

「阿貴，你坐過火車嗎？」蓉妹好奇的問。

「哦！妳沒坐過嗎？」

「就是上個月啊！我阿母帶我去中壢坐火車到臺北的親戚家。」

蓉妹又問：「坐火車好玩嗎？到臺北遠嗎？」

「唉！火車好長啊！妳不知道比坐公車還舒服哩！遇上平交道還會發出『噹噹噹……』的聲音，不過臺北好遠好遠喲！」

「臺北啊！好多汽車，有紅綠燈，還有很多大樓，我阿母說臺北有很多有錢人。」

「哦！對了，聽我阿母說阿昌牯的大姐在臺北幫傭賺很多錢，常常買玩具給他哩！」

「真的嗎？是真的嗎？」蓉妹小小的心靈夢想著，或許有一天長大後坐上長長的火車到臺北幫傭，賺很多很多的錢，這樣就可以把錢還給養母，回到自己的老家和阿母一起生活。

上了小學四年級，蓉妹終於學會騎腳踏車，阿貴曾經對她說：「等妳學會騎腳踏車，我們就騎到伯公岡看火車。」

蓉妹到雜貨店買東西時，很興奮告訴阿貴：「我會騎腳踏車了！」

「真的嗎？太好了！等妳養母不在家，我們偷偷騎去伯公岡。」

這幾天新埔大拜拜，養母要回娘家住，養父又到街上喝酒，她迫不及待去找阿貴。

「蓉妹，這輛腳踏車比較輕讓妳騎，現在我阿母又剛好不在，我們趕緊去。」

新屋街上出發快到伯公岡時有一段上坡路，蓉妹只好下來牽車。

「蓉妹，快到了，加油！加油啊！」阿貴已騎上伯公岡，回頭喊著。

等蓉妹把車牽上伯公岡，兩個人一前一後穿過街道就到富岡火車站。蓉妹坐在車站旁的榕樹下等，阿貴爬到樹上遠眺，「蓉妹，來了！來了！」

「嗚嗚……」火車吐著黑煙緩緩開進車站，「唧唧……」鐵軌閃爍著火花，同時發出刺耳的煞車聲，蓉妹有點驚訝，「火車真的很長哪！」

旅客下車後就像一陣煙消失在月臺。

「叩叩……」火車又緩緩啟動，蓉妹望著逐漸遠去的火車，載滿外鄉人的夢想，開往繁華的臺北賺錢，很遠很遠的臺北。

養母前腳才走，養父的相好後腳就來。月亮一出來，打扮得花枝招展的阿發嫂笑咪咪走進家裡來，「唉喲！小蓉妹啊！越來越漂亮了，還沒睡啊！乖！這包糖拿去吃！」

「桂花啊！是妳嗎？怎麼那麼晚才來啊？」澡堂傳來養父的聲音。

「唉喲！還不是煮飯給那老不死的阿發吃，不能說來就來啊！」

養父走出澡堂來到客廳，「阿妹，快去睡覺，明天煮完早餐才去上學，妳阿母回來，小孩子看到什麼不要亂講話。」

「哦！我知道，阿爸，我去睡了！」蓉妹心中充滿疑惑，阿爸每天晚上洗完澡，就要她清洗澡堂，今天反而叫她早點睡。

蓉妹背著包袱，登上開往臺北的火車，車廂內並無其他乘客。

「嗚嗚……」火車從富岡站一路開到臺北站，火車停不下來，反而越開越快。

「啊……」她驚醒嚇出一身冷汗，原來是半夜做惡夢，她在床沿坐起，夜涼如水，月光從窗外偷窺進來。

「嘻嘻……」

「討厭，唉喲！不會輕一點嗎？」

「急什麼？房門到底有沒有關好？給小孩看到不好。」

「唉！怕什麼？小女孩不懂啦！」

蓉妹聽到隔壁房間傳來養父和阿發嫂的調笑聲，她知道只要養母出遠門時，阿發嫂就會到家裡來，其他的事她就不清楚了。她倒頭再睡下，恍恍惚惚聽到陣陣喘息聲……

養母從新埔回來後，也不知道聽到什麼風聲，一大早就和養父從灶下吵到客廳。

「李水土，不要以為我不知道你的事，桂花那個騷貨，整條街都傳遍了，怪不得那個阿發和你在街上喝酒從不付錢，樂得當龜公哩！」

「唉！妳不要聽別人亂說。」

「什麼亂說？連三歲小孩都知道。」

「阿妹，你給我過來！」

蓉妹怯生生從牆角邊走過來。

「我問妳，妳最好給我老實說。我不在家那個晚上，阿發嫂是不是在我們家裡過夜？」

「啊啊！好痛，我沒看到，我不知道！」

養母用力擰了蓉妹的腿。「賠錢貨，妳也知道痛，下次最好給我看清楚點！」

雞才叫完頭遍，幾顆晨星依依稀稀懸在天邊不願沉落，蓉妹一大早起來趕緊養雞、打掃禾埕，屋簷下茉莉花吐出陣陣幽香。一轉眼晨星不見，天邊就露出半顆橙紅色的早陽。

蓉妹今年已經十一歲，養母前天為了抽屜裡短少一百塊，又擰了她的腿，整整罵了一天。

「養母今早去楊梅採買東西，來回至少要花上半天工夫，難得有幾個鐘頭空檔，該回去老家看看！」蓉妹忐忑不安的想著。

「卡達卡達……」十一歲的瘦小女孩蓉妹騎著伍順牌腳踏車，腳尖費力踩踏，身子上下晃動，還好新屋街上到她老家頂田心不太遠。自五歲賣到新屋街上李姓人家當養女，養母並不疼她，每天有做不完的家事，她唯一的慰藉就是老家，一個帶給她童年歡笑的地方。

「唉喲！不是我要說妳，妳這個不知死活的小女孩，還敢偷偷溜回家？要是給妳養母知道，又討一頓打啊！」

蓉妹在禾埕才跨下腳踏車就遇上水妹。「二嫂，阿母在嗎？大哥在嗎？」

水妹不耐煩的回說：「唉喲！分了家，那老的就惜大的那一房，誰管他那一家的事啊！一大早的誰知道死哪裡去？」

炊煙裊裊一直飄到屋後油加利樹梢，蓉妹逕往大哥的灶下走。

「啊！蓉妹，妳什麼時候回來的？還沒吃早飯吧！一起隨便吃，妳大哥去巡田，阿母去豬欄餵豬，菜煮好了，一起吃吧！」大嫂貞妹邊煮菜邊說。

「大嫂，我去叫阿母他們回來吃飯。」蓉妹往豬欄走去。

「阿母，我回來了！」蓉妹低聲的說。

手裡拿著豬勺，身材矮小，面容黝黑的老婦回頭，「唉！妳這個不懂事的小女孩，真教我煩惱哩！賣出去就是別姓的人，不能一天到晚跑回來，惹得妳養母生氣。」

蓉妹委屈的說：「我只是想家，回來看看就走！」

「唉！上個月，妳大哥在新屋街上遇到妳養母，當著面數落妳大哥，說妳賣給李家，現在到底姓李還是姓姜？回老家像走灶下，也不說一聲。妳大哥只好連連賠不是。」

「這是我們女人的命啊！像妳大嫂從小賣到我們姜家，知上知下，做事又勤快，整年只回銅鑼圈娘家一次，誰不當女兒疼呢？妳在李家做事千萬要勤快，沒事不要老往家裡跑，免得人家說閒話。」

「哦！我知道啦！」蓉妹心中原有許多話要對阿母說，現在只能吞回肚內。

蓉妹穿過竹叢，在扶桑花圍缺口看到大哥正在巡田，「大哥，吃飯囉！」

阿舟從田塍走回扶桑花圍缺口，「蓉妹，是妳啊！幾時回來的？妳養母知道吧！」

蓉妹低下頭，「她一大早去楊梅，我偷偷跑出來的。」

阿舟並未責備她，「唉！妳養母那個人，這幾年也真難為妳了，早知道當初就不該……」

「大哥，我很好，你放心啦！住街上偶而還有肉吃哩！」

阿舟說：「要不是這幾年稻穀收成不好，阿母又說窮人家誰不是賣女兒來娶媳婦，也不必把妳賣給李家。蓉妹啊！真住不下去就回來住吧！大不了年底糶穀或賣豬仔還水土錢。」

「大哥，家裡的情形，你不說我也清楚，我不怪你們。況且現在你和二哥分了家，阿母又跟你，三弟年紀又小，將來長大娶媳婦的花費又是你張羅，我知道你的擔子很重啊！」

阿舟往家裡走，蓉妹跟在後頭，「回家吃飯吧！哦！對了！我剛剛看妳的腿怎麼有幾塊烏青？」

「沒什麼！是我自己騎腳踏車不小心撞傷的。」

「大嫂，我走了，幫我跟阿母說一聲！」

「蓉妹，別急著走，這裡有幾塊米糕帶去吃吧！是隔壁滿叔女兒訂婚給的。」

「留給大哥吃吧！我記得他最愛吃甜食。」

「帶著吧！你大哥吩咐的。」

東升的日頭已照得人睜不開眼，蓉妹心裡始終惦著養母不知何時回家，她沿著扶桑花圍騎得很猛，往右轉彎時突然遇上水妹，「二嫂，我走了！」

此時幾隻覓食小雞也被嚇得振翅躲進竹叢。

「夭壽喲！撞命鬼不要輾到我的雞啊！」

還不到農曆過年，養母卻在楊梅買回許多新衣服，「阿妹啊！灶下的事先擱著，過來穿穿看這件衣服合不合身？還有裙子也穿穿看，女孩子長大了，自己也該懂得打扮打扮！」

養母的口氣變得十分和藹，這是從小到大從沒聽過的，蓉妹懷著一顆不安的心緩緩走過來。

「阿妹啊！我問清楚了，抽屜裡一百塊是妳阿爸那死鬼拿去喝酒的，錯怪妳了。哦！對了，試完衣服，客廳有一碗豆花拿去吃，以後只要乖乖聽話，我就會給妳買很多漂亮衣服。」

幾天後，學校月考提早放學，蓉妹從後門走進家裡，自灶下往客廳走，只聽到養母和養父在客廳竊竊私語，她站在房門口，不由自主停下腳步。

養父說：「阿妹年紀還小，這樣做不太好吧！」

養母接著說：「你懂什麼？等她長大，翅膀硬了就跑了，而且金珠姐說對方出的價錢又好，小學就快畢業了，這個時候不賣，等什麼時候賣？」

「唉！我總覺得良心過意不去。」

「良心？良心一斤值多少？有錢人家才看得起我們。」

「好啦！好啦！阿妹的事我不想管，妳自己看著辦，但最好不要讓她知道，也不要讓街坊鄰居知道，不是什麼好名聲的事。」

「這種事還用你說，我當然說是去臺北幫傭賺錢。」

金珠到臺北發展已經好幾年沒回來了，這次穿著講究，包下計程車除了往新屋街上水土家裡，還要到深圳黃家。

「唉！全身穿金帶銀的向我們炫耀，還不是賺黑心錢，怪不得人家都叫她『黑金珠』。」雜貨店老闆娘阿枝嬸不屑的說。

另一個婦人接著說：「聽說專門把女孩子拐到萬華的酒家，先讓她們端茶、遞毛巾，長大後就下海賺錢，幾年前不是拐了義妹的大女兒？」

阿枝嬸又說：「唉！我那憨兒子阿貴，以前還問我阿昌牯為什麼常常有最新的玩具，我騙他說阿昌牯的大姐在臺北幫傭賺很多錢，所以常常買玩具給他。」

「她今天上水土家，一定是打蓉妹的主意，蓉妹這麼乖巧的小女孩，連我們家阿貴也疼她，水土竟然狠得下心，真是沒天良！」

「我想不是水土的主意，一定是他那沒天良的老婆做的！我最近還看到她手上套著金手環哩！一定是金珠收買她送的。」

「無論如何？這件事我一定要偷偷告訴蓉妹的大哥，一個清清白白的女孩子，不能害她一輩子啊！」

溽熱的暑天，下午新屋街上行人很少，阿舟的腳踏車拐進阿枝嬸的雜貨店。

「唉！阿舟，怎麼現在才來？」

「對不起！早上有很多農事要做，下午才有空來。」

「說起來蓉妹這件事跟我家無關，只是這麼乖巧的小女孩，我不忍心看到她受傷害。」

「到底是什麼事情？請妳講清楚一點！」阿舟邊用手擦額頭的汗邊問。

「你應該知道吧！就是臺北那個金珠啊！最近又回來物色小女孩，前幾天，我在雜貨店門口看到她提著『等路』走進水土家，出來時跟水土嫂有說有笑。她跟水土非親非故，突然變得親熱起來，那種女人還能做出什麼好事？一定是打你妹妹的主意！」

阿舟有點不安的說：「蓉妹已經賣給她家當養女好幾年，現在怎麼辦才好？」

阿枝嬸有點氣憤的說：「水土嫂既然無情，就不要怪你無義！我們教蓉妹逃跑。」

「啊！逃跑！要跑去哪裡？」阿舟有點驚訝。

「我有一個遠房的親戚住在臺北，夫妻兩人都是臺電公司的主管，家裡剛好缺個幫傭的人。我們把蓉妹偷偷送到那裡，反正生米煮成熟飯，總比留在水土家被賣掉好吧！」

「可是我家當初拿了水土的錢。」

「阿舟啊！你真是太老實了，難怪分家先分到老人家和一個破尿桶哩！」

「欠水土的錢，等蓉妹去臺北幫傭賺了錢慢慢還，反正他們做的也是見不得人的事，難道還怕他們不成？」

阿舟最後說：「為了蓉妹，只好這樣了。」

「阿舟啊！記得我們約定的時間，等蓉妹回老家時，偷偷告訴她先準備好包袱。至於你阿母，就不必告訴她了，等蓉妹到了臺北再說。這件事千萬不能告訴別人，否則水土嫂一定恨死我，一定要記得啊！」

「我知道啦！謝謝妳。」阿舟自雜貨店走出來，跨上腳踏車後往街尾的方向騎去。

過了幾天，蓉妹正好回老家，阿舟把蓉妹叫進房間。

「蓉妹啊！妳養母想把妳賣掉的事，妳知道嗎？」

「難怪前幾天，我在房門口偷偷聽到我養母說什麼小學快畢業了，價錢好要趕快賣掉。」

「唉！他們要把妳偷偷賣到臺北的酒家去。」

「什麼？他們竟然忍心這樣做！大哥，我不要去，拜託你救救我！」蓉妹邊說邊流淚。

「蓉妹，妳先不要哭。阿枝嬸在臺北有個遠房親戚需要一個幫傭，妳回去後偷偷把包袱準備好，一有機會就直接到雜貨店找阿枝嬸，她會帶妳上臺北。記得從後門進去，千萬不要讓鄰居知道。對了，這裡有三百塊，妳先帶在身上，出門在外總會用到錢。妳去臺北時，我恐怕無法去送妳，到了臺北，如果有困難，記得打電話給阿枝嬸，我這幾天都會去雜貨店打聽妳的消息。」

「大哥，謝謝你，這三百塊我不能拿，你留在家裡用。」

「唉！拿著吧！我能做的只有這些了，妳出門在外，我們也無法照顧妳，凡事自己小心。」

「大哥，謝謝你，我走了。」

「記得啊！有困難一定要打電話。」

蓉妹走後，日頭慢慢沉下山，除了狗吠聲，一切都安靜下來，只有竹叢邊吹起了風。

水土嫂從前最討厭賭博，尤其是清晨看到兩眼無神的落魄賭鬼，老遠就想啐他口水。但最近金珠卻拉她去賭場看看，這大瓦屋的賭場在新屋鄉社子溪外圍，是金珠以前的老相好阿慶開的。水土嫂自從在賭場吃過甜頭以後，就像喝了符水飄飄欲仙，而且最近得了金珠一筆前金，兩隻手奇癢難耐，一大早連飯也沒吃，就趕去大瓦屋的賭場。

水土看到老婆不見了，又想到前幾天去找桂花時，阿發總能適時離家，讓他溫存桂花好幾天，連忙找阿發到街上喝酒慰問。

蓉妹終於等到機會，她拿好包袱，從後門離開，繞過小巷來到阿枝嬸雜貨店後門。

「叩叩……」輕輕敲了門。

「誰啊？」

「我是蓉妹！」

阿貴聽到蓉妹的聲音，趕緊開門，「我阿母在房間裡，妳趕快進來。」

「蓉妹，這幾天我都叫阿貴注意後門的動靜，沒想到妳終於來了！現在什麼也不必說了，等我打完電話就趕緊出發。」

「阿貴啊！叫你阿爸幫忙顧店，就說我有事去臺北。」

「哦！我知道了。」

阿枝嬸帶著蓉妹來到中壢火車站，站內候車的人不多。她們買了車票就進入月臺，阿枝嬸不想在大廳候車，以免遇到熟人，她們在月臺候車椅上等火車。

蓉妹望著眼前兩條鐵軌延伸到不知的盡頭，臺北是否就是改變自己命運的一站？此時她的思緒紛亂就像掉進無底深淵，她開始有一點擔心。

「蓉妹，妳不用害怕！那頭家及頭家娘人很好，他們會照顧妳的。」阿枝嬸緊握著蓉妹的手安慰她。

「嗚嗚……」汽笛聲中火車慢慢開進月臺，她失去小女孩第一次坐火車的興奮。她默默走進車廂，坐在靠窗的座位，當窗外景物開始移動，月臺上的人影就漸漸消失不見了。

「唉！這孩子一個月來擔驚受怕，也難怪她累壞了。」阿枝嬸看著沉睡中的蓉妹，心中有些不捨。「蓉妹醒醒，臺北快到了。」

蓉妹從夢中驚醒「啊！到哪裡了？阿枝嬸。」

「臺北快到了！」

「噹噹……」火車經過好幾個平交道，兩旁都是大樓，車子也川流不息，繁華的臺北真的到了。她們隨著人群穿過地下道，就來到後火車站出口。

「阿枝婶，阿枝婶，這裡，我們在這裡！」高先生和高太太一邊揮手，一邊喊著。

「辛苦了！妳們趕車，天氣又熱。」

「還好，事情還滿順利的。」

「哦！對了，這是蓉妹，就是我說的小女孩。」

「長得真漂亮啊！」

「蓉妹啊！這是頭家及頭家娘。」

「唉！阿枝婶，就叫我們伯父、伯母就好了，大家以後都是一家人了。妳看都下午一點多了，走！我們先去吃午飯。」

高先生帶著她們走進附近餐館，他點了很多菜。

「阿枝婶、蓉妹，妳們多吃一點，還有很多菜。」高先生很客氣的招呼她們。

「文忠啊！蓉妹這小女孩真讓人心疼，還好有你們肯收留她。我現在就把她交到你們手上，她年紀還小，如果有不懂事的地方，麻煩你們耐心教導，一定要好好照顧她啊！我家裡還有事，今天不去你們家了，吃完飯我就要趕回新屋。」

「阿枝嬸，妳放心啦！我們一定會好好照顧她。」

「這樣我就放心了，蓉妹啊！有事情打電話回來或寫信給妳大哥，妳要聽話哦！我先走了。」阿枝嬸邊走邊回頭，連眼淚也忍不住流下來，但她不想給蓉妹看到。

蓉妹逃走的消息很快傳到水土嫂家裡，如此一來，她就欠下金珠前金及人情，家裡又平白損失一個傭人，心裡十分不快。只是自己要把蓉妹賣給酒家也不是體面的事，但損失一定要私下討回來，水土嫂拖著水土，很快找上蓉妹的老家。

水土嫂才走近禾埕，就遇上水妹。

「唉喲！我說水土嫂啊！妳是不是要找人？這可不關我家的事。我們早就分家了，妳要找就找我大伯家。蓉妹逃走，一定是他們夫婦出的主意，要賠錢就找他們，和我家一點關係也沒有。」

水土嫂說：「蓉妹不是妳的小姑嗎？」

「唉喲！賣出去的女兒潑出去的水，老人家向來偏心我大伯，而且蓉妹回來都是去我大伯家，有點東西也是拿給他們，和我們沒有來往，也毫無關係。」

水土嫂早就聽說蓉妹的二嫂是個厲害的角色，今天總算見識了。

「算了，我們還是去找阿舟吧！」

水土嫂轉身馬上走進阿舟的家，水土只好跟在後頭。

「水土、水土嫂好久不見啊！今天怎麼有空來？」阿舟很客氣的問候。

水土嫂說：「唉！我明人不說暗話，蓉妹的事你打算怎麼處理？」

「我正要問妳為什麼蓉妹會離家出走？我也想知道妳打算怎麼處理？」阿舟不疾不徐的說，因為阿枝嬸早就教他事先防備。

水土嫂見討不到便宜就說：「蓉妹是我花錢收養的，而且從五歲養到現在十幾歲，總不能平白無故就像石頭掉進大海，無論如何也要賠我們。」

阿舟見水土嫂的態度已經軟化，接著說：「蓉妹為什麼離家出走，大家心知肚明，但當初既然拿了妳家的錢，我會想辦法按原金額分期還妳。」

「可是……」水土嫂覺得並不滿意。

「唉！算了吧！」水土勸她。

「你懂什麼？難道我們這幾年算白白養她？」

「唉！不要再說了，走吧！走吧！」水土邊說邊拉水土嫂往外走。

「阿舟，下個月我就要先拿一筆錢，到時候不要給我推拖……」

有了蓉妹的幫忙，家裡收拾得乾乾淨淨，小孩放學也有人在家，而且每天下班，晚餐就已經準備好了，高先生夫婦的心裡非常高興。高先生知道蓉妹家裡的情形，所以先預支一個月的薪水給她。蓉妹趕緊寫信給大哥，同時寄了一千五百塊的郵局匯票回家。

「阿舟，有掛號信哦！」郵差已經很久沒到過頂田心八鄰附近的住家。

「汪汪……」連阿舟家的小黃也叫得特別大聲。

阿舟找到印章後，連忙走到禾埕拿掛號信。「臺北寄來的嗎？」

郵差回說：「是啊！可能是你妹妹寄來的，拆開來看看，我先走了。」

「謝謝你，辛苦了！」

阿舟把信展開，上面寫著：「大哥您好：我到臺北已經五天了，阿枝嬸的親戚高先生夫婦對我非常照顧，我已經慢慢習慣臺北的生活了，請你們不要為我擔心。在信封裡面附上一千五百塊的郵局匯票，是高先生預支的薪水，再加上您給我的三百塊及阿枝嬸給我的一百塊。請您幫我交給養母，以免造成家裡的困擾。我在臺北幫傭，供吃供住，沒有額外花費，以後每隔半年，我都會寄匯票回去，欠養母的錢，我會慢慢還清，你們不必為這件事煩心。請代我向母親請安，並謝謝阿枝嬸，等過年時我就可以回去和大家團聚。祝平安健康，蓉妹敬上。」

不識字的大嫂貞妹急著問阿舟：「信裡面到底說什麼？」

「蓉妹說她已經慢慢習慣臺北的生活了，而且頭家及頭家娘很照顧她，並先發了一個月的薪水。」

「唉！那我們就放心了。」

水妹聽說蓉妹到臺北幫傭，才五天就寄一千五百塊回來，就忙著攏唆丈夫：「阿順啊！不要每天只知道憨憨做事，別人得盡好處，你都不知道，不會到大伯那裡打聽打聽蓉妹寄錢回來的事嗎？」

阿順回說：「妳上次不是跟水土嫂說我們已經分了家，蓉妹的事跟我們家都無關。」

「唉喲！上次是上次，現在是現在，那時我擔心水土嫂會討蓉妹的撫養費，後來水土嫂再也沒上門討錢了。蓉妹是你的親妹妹，怎麼會沒關係，況且她現在會賺錢了，我們家的孩子又多，她也應該幫幫你這個哥哥才是。」

阿順接著說：「我可沒這個臉去說，況且現在阿母又跟大哥住，蓉妹寄錢給他也是應該的。這件事我不想管，而且我現在正要去守埤塘。」

「呸！沒用的東西，嫁給你算我倒楣！」

水妹眼見叫不動阿順，正在氣頭上，才走到灶下剛好看見小孩打破一個碗，便拿起竹條狠狠的抽了起來。小孩被打得哇哇大哭，從灶下逃到禾埕上，水妹從後頭一路追出來。

「不要打了，不要再打了，小孩子嘛！」水妹的婆婆聽到孫子的哭聲，邊走邊勸。

水妹平日對婆婆就沒好臉色，此時聽到婆婆的聲音，下手自然更重些，小孩嚎啕大哭，躲進禾埕旁的稻草堆。

鄰居和阿舟聽到哭聲，紛紛走到禾埕上看，只聽到水妹的婆婆無奈的搖頭，「唉！前世無修！」

蓉妹到臺北幫傭近兩個禮拜，已經慢慢適應高家的生活。那天下午，她做完家事，正走出大門澆花，郵差的綠色摩托車自巷口逕往大門口騎來。「有妳家的信！」

郵差把一封信遞給蓉妹，蓉妹一看寄件地址是新屋鄉，應該是大哥寫的。她走進客廳，急忙展開信紙，上面寫著：「蓉妹妳好：自從妳上臺北以後，我和妳大嫂都很擔心，接到妳寄回來的信，我們總算放心了。妳寄回來的一千五百塊，我已經拿給水土嫂，並請她寫了字據，我會小心保存。妳一個人出門在外，千萬要保重身體。我們鄉下農忙又無法上臺北去看妳，家裡的事妳就不必煩心了。今夏稻穀收成較好，如果立冬收成又好，我們就可以把水土嫂的錢分三年還清。最近妳大嫂又生了一個女兒，等妳休長假時，記得回家看看！阿舟敬上。」

蓉妹看完把信摺好，一直等到晚上做完家事，走進房間，臨睡前又拿出來再看一遍。那一晚才農曆十三，月亮竟特別的圓，月光透進紗窗灑在地上。她想起老家，想起阿貴，「月光光，好種薑，薑畢目，好種竹，竹開花，好種瓜，瓜盲大，摘來賣，賣著三顯錢，拿去學打棉，棉線斷，學打磚……」淚水忍不住奪眶而出。

油桐花開

初夏的暑天，一陣山風吹來，更增添午後慵懶的睡意。三灣公車站裡，除了斜躺在椅子上遊民的鼾聲外，最熱鬧的是飛繞在他四周的蒼蠅。牆上老舊的時鐘指著下午五點三十二分，往南庄的末班車也未準時發車。

等車的人約莫四、五個，站內二個頭戴斗笠的客家歐巴桑，腳前橫擺兩個籮筐及一根長扁擔，那日頭斜照在經年挑用的扁擔上呈現油亮的黃褐色。兩個歐巴桑粗糙的手握著橘紅色「敬老乘車證」，她們未看壁上時鐘，也不知那公車誤點。這山鄉的日子每天流水般過著，「食飽麼？」山鄉的人才會睨起時鐘。

脊背微僂的阿珍嬸念叨著：「唉！我那沒出息兒子只聽媳婦的話，三天兩頭吵著要搬到城裡住，說什麼南庄生活不方便，小孩讀書麻煩，還叫我賣田地給他在新竹市買房子。」

另一個歐巴桑月妹接著說：「你看看綢妹，就是住在埤尾那個綢妹嫂，田地祖厝全賣光，剩下老人家有誰要？」

「唉！時代變了，現在的年輕人實在不像話……」

山鄉日頭升起又落下，月妹自從老伴死後，每天清晨擔菜乘車到三灣沿街叫賣，下午回到莣蕉湖的古厝，也無鄰舍，只有一隻幾年前在路邊隨她回家的狗兒伴她，連個說話的人也沒有。只能在每日收擔等車時，向同車的阿珍孀說說庄頭巷尾的閒話。

「往南庄的車。」司機對著天空叫，打斷了月妹的話。

「快點上車啦！」司機對這二個每天免費的老乘客催喊著。

「阿桐，趕緊回來見你阿爸最後一面，伊現在只剩一口氣，連罵妳的力氣也沒了。」

「伊愛面子，從小也最疼妳，為顧名聲到這步田地也不肯我打電話通知妳回來。爭什麼好名聲？兩腳一伸，全埋到棺材底！」

「妳現在有了孩子，難道還不能體諒做父母的苦衷？都三十幾歲的人，能一輩子不回來嗎？」

雪桐痴立在廊下，未入站內候車，耳畔還迴響昨晚話筒彼端阿母的啜泣聲。

「卡卡……」老舊的公車一發動就狺狺然嘎響，顫抖的車聲讓她回神，匆匆登上往南庄的末班車。

「要坐車就快點上來啊！」司機習慣性的喊著，但眼睛一亮，登車的是一位皮膚白皙的年輕少婦，大概打城裡來的。

「伯公廟一張。」她柔聲對司機說。

「這班車沒到伯公廟，只開到南庄舊街，妳下車穿過南庄橋就到伯公廟。」司機用難得的平順語調告訴外地人。

「妳不是李雪桐嗎？」司機略帶興奮，好像發現什麼似的。

「嗯，你是？」眼前這位小腹微凸的司機面孔很熟悉，但實在想不起名字。

「我是『雄雞』啦！」司機迫不急待的說。

「哦！你是林雄基啊！抱歉，小學畢業太多年了，我差點想不起來。」公車還未駛離三灣車站，竟意外被小學同學認出來，她有點近鄉情怯。

公車裡疏疏落落坐著四、五個乘客，空調壞了，還好山風從窗外吹進來，即使初夏也不覺溽熱，兩個歐巴桑在涼風裡打起瞌睡。公車在山路上走得不快，但一路上也沒乘客上下車，一轉眼就開到三灣鄉與南庄鄉交界處。從車窗望外，映入眼簾是青翠的油桐林，還有那熟悉的中港溪。

公車逶迤的溯溪而上，那湍急的溪水不即不離纏繞著山路，流過大石壁後，溪面豁然寬廣，在偏西的日頭下粼粼發光。沿溪岸而上，林木深處錯落著幾戶紅瓦人家。

「麻煩，下車！下車！」一句生澀的國語，讓雪桐的目光移至車門處。車門開啟後，一位年約廿多歲的長髮女子倏然而去，車內徒留粉味撲鼻的餘香。

雄雞酸溜溜的說：「現在到處都是外籍新娘，連我們南庄也常看到這些進口的！那女的是鹿場養鱒魚阿發伯的媳婦。」

「唉！老牛吃嫩草，聽說花八十萬買的。他兒子小時候發過燒，腦筋有一點秀逗，年紀比我還大，討不到老婆，阿發伯單傳，養鱒魚又賺大錢，無論如何也要傳個香火。」

「真是『有財無丁』，最近媳婦抹脂擦粉，成天往外地跑，阿發伯年紀又大，管也管不住！大家都說到時候不曉得傳誰家的香火呢？」

雪桐並未接話，只是淺淺的苦笑。她回想方才長髮飄香的外籍女子，不正是自己年輕時追求愛情，不顧世俗眼光的身影嗎？「一朵鮮花似的姑娘，移植到異國土地含苞待放，雖然給足她生活的陽光，但她更渴望愛情的春水呀！」

車子又往前走，山邊及溪岸都是桂竹，這裡叫「桂竹林」，清明雨後四、五月都是採筍季節，但下午雪桐已看不到二嫂明月採筍的身影。車子穿過濃密的桂竹林就到烏蛇嘴站。

「啊！拜託！下車，下車！」兩個歐巴桑驚醒後連聲叫著。

「嘰……」車子已過站廿公尺才陡然停車，月妹的重心不穩，差點撞到車門。

兩個老人家七手八腳拖著兩個大籮筐踉蹌下車，雪桐也站起來，順勢幫她們遞下長扁擔。車子吐了幾口黑煙後緩緩移動，兩個老人家的背影在車窗外也漸漸模糊。

雄雞邊開車邊說：「那兩個歐巴桑住芎蕉湖，每日清晨挑兩大籮筐自己種的菜，坐頭班車到三灣街上叫賣。回程搭車在烏蛇嘴站下車，還有一段路要走哩！」

「都近八十歲的人，有福不享！」

「那個沒駝背的歐巴桑叫月妹，有三個兒子，聽說大兒子是科學園區科技新貴，開的是進口車，住的是大別墅，偏偏老人家在城裡住不慣，寧願孤伶伶住在破舊的芎蕉湖老家，單家獨院的，萬一死了也沒人知道。」

「不過也難怪她住不慣，幾年前搬到大兒子家住，不到半年的樣子，媳婦就提出要老人家在三兄弟家每月輪食。妳想想！日日都得惦著月尾那一頓吃飽走人的晚飯，颳風下雨匆匆行囊，活像沿門討食的乞丐，就算餐餐大魚大肉也和著眼淚往肚裡吞。」

「人越老越不值錢囉！誰會當寶疼惜？還嫌妳有一股老人味哩！」

「每天坐車的人多嗎？」說到孝順老人家，雪桐感到尷尬，趕緊把話題岔開。

「現在家家戶戶都有轎車，夏天只要一到假日，城裡的人就湧向我們南庄，到處都是人潮、車潮，平日很少人坐公車，這條路線是縣政府補貼的，否則客運公司早就停開了，現在每天只能載一堆石頭！」雄雞隨意回答。

「你的車每天除了載人，還要載石頭呀！」雪桐一臉疑惑。

「我說的是那些脾氣又臭又硬的老人家啦！」雄雞半開玩笑的解釋。

公車經過老金龍飯店，往前拐個彎就到南庄舊街，一眼就看到苗栗客運南庄總站，幾十年來沒改變，站旁小吃店一鍋滷味在夕陽下飄香。

「雪桐，下次開同學會，我會先打電話給妳阿母通知妳啦！」

「十幾年一直聯絡不上妳，那徐老師頭髮全白了，他常常提起妳，記得一定要來參加。」

她應了一聲，「哦！謝謝再見。」就步下車門，孤寂的身影慢慢消失在往南庄橋的街角。

南庄鄉大東河匯入中港溪的伯公廟旁，一棟三合院的客家公廳，大門兩旁字跡模糊的楹聯寫著：「猶龍世第；旋馬家聲」，上方三個斗大的字：「隴西堂」。房子雖有斑駁歲月痕跡，但燕尾式屋脊訴說著李家在南庄當地的風光過往。

客家人習慣每天傍晚吃飯前，要到公廳及門階前燒香。公廳今日人聲雜沓，始終不見燒香的人，吵雜聲裡帶有一股異常的冷清。

景春鼓起勇氣，吞吞吐吐：「大哥！你、你……在新竹市已經有三間店面了，這、這……南庄的古厝可以讓給我、我……嗎？」他一緊張，口吃更嚴重。

「哼！不用再說了，新竹市的店面是我夫妻倆打拚賺來的。古厝給我也是在宗長見證下切結的，我又不是外面小老婆生的，為什麼古厝要讓給你？」

大哥東和面色激憤，老實的景春被他說得連頭都抬不起來。

「阿春，算了，不必再求他，反正他們瞧不起我們這些沒讀書的！」明月望著瑟縮又口吃的丈夫忍不住開口。

東和的老婆麗美更不甘示弱，「唉喲！聽說一些人有好處都往娘家送，將來啊！姓李的通通變成姓潘的。」

「唉！我們是講理的、講法的，不是比大聲的。伯父、叔公都可以作證，不像有一些人專門偷偷摸摸……」

明月的娘家姓潘，是蓬萊村賽夏族原住民，弟妹很多，生活窮苦，雖然明月的姐姐明珠嫁給臺中的有錢人，但家裡有個精明能幹的婆婆，明珠根本不敢與娘家往來，只有明月私下常會拿些錢接濟娘家。再加上村裡的婦人總是稱讚明月生得靚，大嫂麗美心中早生嫉妒，逮到這個機會當然要好好修理她。

「我求求你們不要再吵了！阿爸的病，你們漠不關心，還有顏面在祖先公廳前分家產，沒有好名聲。」雪桐聽到大嫂對二嫂冷嘲熱諷，故意責備大嫂，希望藉此轉移話題。

「唉喲！十幾年不見，一回家就教訓起我們，妳眼裡還有大哥、大嫂嗎？」

「講名聲啊！在十幾年前，妳就傳遍整個南庄了，我們拿什麼跟妳比？到底是誰沒顏面站在祖先牌位前？」

麗美講的話越來越刻薄，但雪桐不再是十幾年前離家出走的懵懂少女，她已歷盡世事。「大哥！你是律師，凡事都講法，但一個家庭更重要的是情啊！是那一點一滴流失的手足親情啊！」

「還記得嗎？讀小學時，阿爸常帶我們兄妹到新竹城隍廟燒香還願。那時我識字不多，看見神龕旁一副對聯：『得一寸，進一尺，到頭來滿盤皆輸』、『退一分，讓一毫，最後結算總無差』，橫批寫著『舉頭三尺有神明』，我很好奇，邊吃米粉邊問你這副對聯的意思。你笑我說連這麼簡單的意思都不懂，就是做人要厚道，不可占人家便宜，天公惜憨人！你說話時堅信的眼神，讓我記憶猶新。」

麗美惟恐丈夫東和心軟讓步，趕緊搶話：「唉喲！吃三天素就想上西天，動不動就抬出城隍爺，我吃的鹽比妳吃的飯還多哩！年紀輕輕就教訓別人大道理。妳果真善良，就不會忤逆阿爸，更不會光頭半夜跑去跟男人生小孩！」

東和聽完，忙將老婆拉到公廳一角。

此時天已黃昏，炊煙初起，李家公廳爭吵聲劃破靜謐的山村，幾位鄰婦探頭探腦往公廳裡東張西望。

叔公連玉終於站起來講話，「你們不必再吵了！這公廳將來不管分給誰？都不可以賣掉，否則祖先就無安身所在，你們也成不肖子孫。我看這公廳及古厝等你阿爸過身再處理吧！」

繼母秋妹站在牆角，這個家並無她說話的餘地。照顧臥病的老伴滿堂雖然辛苦，但東和方才那一句：「我又不是外面小老婆生的！」深深刺痛她的心。

東和與景春同父異母，東和的生母水嬌，娘家住南庄鄉東河村，所以他的小名喚「東河」，七歲那年生母罹癌去世。滿堂時任南庄公所課長，因公私繁忙無暇顧家，二年後娶了秋妹續絃，第三年生了景春，接著妹妹雪桐又出生。雪桐是穀雨交立夏出生的，那時正值南庄油桐花開，暗香襲人的季節。

「這細婴生得靚，皮膚白雪雪，將來嫁到好老公，註定一生人好命。」鎮裡來的產婆說話時，眼睛瞇成一條線。

桂妹嫂：「哈！我看這細婴比桐花還白香，目珠會勾人哩！將來一定嫁給有錢人。」

滿堂對這皮膚雪白，眼睛動人的小女兒非常滿意，替她取了極富詩意的名字「雪桐」，從此對她更是加倍寵愛，而雪桐也深愛著父親。但多年後她卻愛上一個已婚男人，滿堂為顧名聲，將她理成光頭，關在家裡，他想這樣女兒一定不敢再踏出家門一步。當年雪桐只是十九歲的少女，為了追求渴望的愛情，不顧世俗與親情，光著頭半夜逃家，這件事傳遍了整個南庄。

東和的繼母秋妹是傳統客家女性，從小把東和扶養長大，而且供他念到研究所畢業。就算從小視東和如己出，仍抵不過東河村裡三姑六婆的耳語。

「當年水嬌罹癌時，那個女的早就和滿堂偷來暗去了，難怪墳土未乾就過門！」

「唉！一定是那個女人背後攛唆，水嬌才會延誤就醫！連病入膏肓時也沒送新竹的大醫院。」

這些繪聲繪影的流言，也許別人聽過就忘了。

東河村老村長阿海也正色的說：「唉啊！妳們這些婦人家，樹老根多，人老話多，只吹三尺的風，妳們就興六尺的浪。沒影沒跡的事，莫向九歲小孩胡說。」

「東和啊！放假常回庄裡玩，我們家那個阿志和番薯罟天天等你來玩，莫聽她們的閒話。」

「我說村長伯啊！水嬌是我們東河村的乖女兒，誰不知她在伯公廟孤苦病死的委屈？胳膊哪有往外彎的理？你名喚阿海，可知無風不起浪啊！」

「男人啊！眠床上還是新被比較暖，就嫌那舊絮無處丟！」

眾婦人你一言，我一語，句句話像刀切菜頭那般俐落。老村長眼見眾婦難犯，哪能管別人家的是非曲直？吵雜中一溜煙的走了。偏偏早熟的東和，從小只揀嫉恨的種子深埋心底，再加上水嬌娘家又是供它滋長的溫床，慢慢就生根發芽了，他暗裡發誓要把童年失去的東西一件一件搶回來。

東和從小乖順聽話，在學校的功課也名列前茅，更是師長眼中的好孩子。常讓滿堂引以為傲，總是在人前人後窩心的叫喚「東河啊！東河」，冀望他將來競選南庄鄉長，完成自己未竟的心願，所有親友也深感只有他才能延續李家的名聲。他臺大畢業那年，順利考上研究所及律師，雙榜提名時，滿堂在南庄老家祭祖並宴請親友，鄉長送「南庄之光」的賀匾高懸在正廳。

「嗶嗶剝剝……」賀客送的鞭炮串連起來，在屋外的禾埕足足繞了好幾圈。

「伸哪伊呀手，摸呀伊呀姐，摸到阿姐頭上邊噢哪唉喲……」電子琴花車女郎扭腰擺臀，與親友大唱山歌助興，高分貝的擴音喇叭讓僻靜的山村熱鬧滾滾，滿堂也風光無比。

景春的小名叫「阿春」，從小只對美術及文學有興趣，數理科目成績很差，尤其是算術，自然得不到愛名聲的父親關愛。

「白痴啊！考出這種算術成績，我懷疑你到底是不是我親生的？」每次月考後，鄰舍總是聽到滿堂的叱罵聲，連秋妹也無奈搖頭。漸漸的，阿春對自己也失去了信心，他總是一個人躲到陰暗角落，用日頭斜照窗櫺的餘暉，以鉛筆塗畫素描，就像努力填補這少年虛白的歲月。對於女人，他與同齡青少年一樣充滿好奇與憧憬，但自卑又受創的心靈，讓他羞愧的完全不敢正視女人。但青春的慾念隨時在他身上隱隱作祟，他不斷的壓抑自己，但腦海裡總湧現女人軀體，尤其是擺動的兩臀間若隱若現的內褲曲線，那幽暗深邃的禁地，對他而言就像千萬隻螞蟻爬在身上。

「唧唧……」油桐花落盡，接著蟬聲就唱遍了山村。

就在阿春國三那年，一個星期六下午，他自學校返家。午飯後的盛夏，涼風輕拂樹梢，左鄰右舍正昏沉沉的酣睡。阿春長期滿溢的情慾無處宣洩，就像表面平靜的溪水，那看不見的水面下暗流洶湧。瞬間又浮現放學候車途中，無意間偷窺一位小姐穿著迷你裙的影像。從高跟鞋塗著蔻丹的尖細腳趾看起，絲襪裡襯透一雙細緻白嫩的玉腿，再往上窺探，誘人的曲線畢露，尤其正要坐下候車椅時，迷你裙內虛遮的豐臀深處呼之欲出。酥胸前微露的乳溝，讓他兩眼緩緩充血，一股灼燙的熱流，從胸口流向微顫的雙手，他貪婪的想以手撫搓觸揉，兩股間急速的腫脹，更讓他無法遏抑。他快速的繞過後門，穿過深密的竹叢，來到距家約五百公尺的鄰舍，在寬大禾埕角落，沿扶桑花圍附近，兩眼像小偷般往四周窺瞟。靜僻的山村，午後的沉睡，除了涼風輕掠扶桑花的窸窣聲外，沒有一絲聲息。在晒衣架上晾著各式衣褲，一套撩人的女用內衣褲隨風輕颺。他不放心的再往四周逡巡，心跳加速，一雙手就像餓虎撲羊，完全不聽使喚。雙手快速的將褻衣塞入褲袋，頭也不敢回，死命的往回家的路狂奔。

大東河有一條清澈的支流環繞伯公廟旁，村人喚它「摸蜆溝」。溝堤上有數棵遮蔭的大榕樹，從卵石水泥合砌的石階望下，豁然敞開的河面，岸邊錯疊洗衣用的扁平石塊。這是伯公廟附近婦人洗衣衫的所在。

「唉喲！我就知道，難怪這幾天眼皮老是在跳，一定會看到骯髒的東西。」

「唉！像我活到這把年紀的女人，還真不好意思向女兒開口哩！」

銀妹邊搓洗衣衫，話到嘴角卻欲言又止，吊足眾人胃口。

「銀妹妗，從前桂妹嫂在稻草堆旁偷人也被妳窺見，我看你這雙目珠定要喚作『桃花目』，總是看到不該看的。還不趕緊備齊三牲，教永昌宮裡廟公求幾道符咒貼住目珠，灑些法水去去汙穢！」此話一出，眾婦人笑得搥腸撫肚。

銀妹卻故作鎮靜，「唉啊！我偷偷告訴妳們，妳們千萬不要告訴別人。」

「那天中午吃完午飯，太陽正烈，我剛好躲在竹叢下揀菜，從竹叢縫隙斜窺，就是禾埕的晒衣架。無意間望見一個熟悉的身影，不就是滿堂的屘子阿春嗎？他四處張望後，突然衝到晒衣架上，抓了我女兒的內衣褲就跑。我一口氣堵在喉嚨，也不敢喊叫，只能眼巴巴看著他跑。我還騙女兒說那套內衣褲被風吹下，可能被田邊野狗啣走。妳們說那阿春是不是變態？以後我們這些婦人家的內衣褲只好晾在家裡，誰敢拿出來曝日？」

「就是啊！怎麼會生出這種兒子，將來誰家女兒敢嫁他？」

「像他哥哥東和既乖巧，功課又好，最得人惜。」

「唉！不同母親生的，就是不同款，這見笑的衰事千萬不要傳給滿堂知道啊！」

「摸蜆溝」洗衣婦的傳話速度簡直比火燒屋還快。

「丟人現眼，造孽啊！怎麼會生出這款夭壽子？」滿堂氣得臉面通紅，青筋突暴，隨地拿起一根竹棍亂打。

「你要打死他，不如先打死我！」秋妹護子心切，撫抱著阿春。

阿春蜷縮在牆角悲咽，不敢放聲大哭，又因壓抑痛楚而全身顫抖。他講話本來就吞吞吐吐，經過那件事後，說話突然變成口吃，尤其是緊張時更是結巴。

阿春高中畢業，服完兵役，並未出外發展，一直留在老家幫忙父親耕田兼種桂竹、香菇。

村裡的婦人總是不忘告誡自己女兒：「注意啊！離那有怪癖的男人阿春遠一點！」

而村中的小女孩在路上遇見他，不是閃到路邊，就是繞道而行，至於他依舊在山鄉的土地上辛勤工作並卑微生活。

時序流入斗指西北的立冬，兩年一祭的賽夏矮靈祭又將在向天湖部落熱熱鬧鬧展開，這幾年主辦單位南庄鄉公所，為增加山鄉的觀光收入，越來越用心籌劃。滿堂身為南庄鄉公所秘書，更是活動的主辦人，他臨時找不到會畫海報圖騰的人。

「阿春啊！再過二個禮拜是賽夏族矮靈祭活動，這個禮拜五你不必去菇寮，到向天湖部落幫忙布置會場。哦！可能要幫忙畫些海報。」說完了話，連他自己也懷疑阿春能否幫上一點忙。

「哇！李秘書，阿春畫的海報真是漂亮！寫的字體也好得沒話講！你們家偷偷藏了一位畫家，公所辦了好幾年的矮靈祭也沒人知曉，真是埋沒人才。這回我可要扮伯樂，絕不讓千里馬伏櫪老死。」民政課長林清木豎起大拇指，滿臉興奮的說。

「阿春！哦！不對，應該稱你畫家。那活動的紀念圖騰也要拜託你繪製，時間急迫，後天務必交給我圖稿。不過我會給你一個小幫手。」

「明月，麻煩妳過來一下。」

一位長髮活潑的賽夏族姑娘緩緩的走過來。她對阿春淺淺一笑，兩個梨窩比蜜還甜，但阿春只敢斜睨著她。

「對賽夏族而言，巴斯達隘是遙遠的回憶。相傳很久以前，賽夏族與矮人族隔河而居……，為了平息矮靈的作祟，求得矮靈的原諒，於是展開五百年來，從不間斷的巴斯達隘。矮靈祭已成為賽夏人生命的一部分……」

這個週末的上午，綿綿密密的冬雨不斷，明月在南庄公所會議室裡一邊準備畫材，一邊娓娓訴說賽夏族矮靈祭的故事。阿春耐心聆聽，再以畫筆捕捉傳說的宿命。他用色樸拙獨特，已將賽夏人強韌的族性，矮靈的魂魄都融入其中。

明月在一旁默默欣賞這位鄉野藝術家，正一筆一畫表現出賽夏族的生命力。

阿春筆觸一動就全心投入，完全忘記了明月的存在。而明月心中已暗暗眷戀這位質樸木訥，但作畫時全身散發藝術氣息的青年。

「哇！景春，我真不敢相信啊！你的圖騰已完全融入我賽夏族的靈性，也充滿矮靈幽遠傳說的神祕，你簡直是我賽夏族生命的一部分，我保證這圖騰契合賽夏人心。我一定要把它做成項墜，永遠貼在心口！」

阿春剛完成圖騰畫作，被突如其來的話嚇了一跳。因為他這一生，除了母親秋妹，從來沒有一個女人對他有絲毫的讚賞或說過如此貼心的話，他靦腆的擠出幾年來難得的笑容。

「景春，明天就可以把圖騰交給林課長了，總算如期交差，這一切都是你的功勞。」明月故意豎起大拇指稱讚他。

但木訥口吃的阿春連客氣的話也不會講，只是連連搖手表示謙虛。

「外面下著綿綿密密的雨，這種雨，你知道年輕的男女喚它什麼雨嗎？」明月又故意問他。

「哦！我……我不知道。」阿春一臉疑惑。

「這綿綿密密的雨最富情意，就叫『相思雨』啦！絲絲縷縷，牽腸掛肚就是相思不斷啦！」明月有點嬌嗔的說。

阿春雖然口拙，但聽到語帶情意的話，竟也低下頭來，一臉緋紅。

阿春所繪的圖騰、海報在向天湖矮靈祭上，讓賽夏人讚嘆不已。以圖騰製成的紀念項鍊更受到遊客喜愛，也替這貧瘠的原住民部落展現一片生機。賽夏人深深感激這位無私而講起話來有點口吃的客家青年。

日子在等待裡過得慢，在無意間卻溜得快，梅月交替桐月，又是春雨涓涓的季節。縣政府主辦的桐花季活動又開始，在「戀戀桐花祭」裡有一項徵畫比賽活動。但阿春每天總是操勞農務，在桂竹林與菇寮間穿梭，並無暇關心這些高貴的藝文活動。

「阿春，這次你一定要參加全縣桐花祭徵畫比賽，把南庄的美透過你的筆，讓眾人都知道。你從小在南庄長大，除當兵的兩年外，從未離開它，除了你，誰也無法形容它！由你的手來畫它，想必連外鄉人也會留戀畫中。我已經替你買了一些國畫畫具，你父親也同意你作畫，我們開放公所會議室讓你假日作畫，千萬不要讓我失望啊！哦！明月也鼓勵你一定要參加，她願意再擔任你的小助手。」林課長在電話裡不斷的勸慰，他深知阿春是個重感情的人，無論對人還是這片鄉土。

假日在南庄鄉公所會議室裡，明月早將各色國畫顏料依序擺放。阿春展開宣紙，又再次拿起畫筆，緩緩的落筆勾勒，明月在一旁欣賞，也不知他到底如何描繪自己從小生長的故鄉。

經過兩小時後，那縹緲的獅頭山、蜿蜒的中港溪漸漸浮現出來。還有山邊的姑婆芋在春雨後青翠欲滴，山徑裡微風輕拂，油桐花也緩緩飄落……

「景春，國畫不是要題句在上頭嗎？聽說還要落款？」當明月細細品味它時，突然發覺畫上還缺了幾樣東西。只見阿春用心思索，執筆題寫：「雨點姑婆葉，風飄五月雪，覓春人去遲？相戀南庄夜。」在它上頭，落款是「農夫阿春」。

「哇！想不到你的文學素養也很好！這幅畫真是詩中有畫、畫中有詩。那幽遠的意境，真不知要吸引多少遊客來南庄遊玩。我想看畫的人必定知道作畫者對南庄這片土地愛得深沉！反正是有情人啦！」

完成一幅桐花祭國畫後，太陽就快下山。他們併肩走出南庄公所，晚風輕拂明月打了寒顫，阿春脫下身上的夾克，輕輕的靠近明月，並披在她肩上，瞬間讓他感受到女人溫軟的體香。

「景春，謝謝！你自己不冷嗎？」

「哦！我比較不怕冷！」

兩人走進桂花巷時，街燈初亮。

「景春，你那幅國畫將南庄油桐花的意境完全表現出來，一定會得獎的，真是不得了！」

「沒什麼，我阿爸從前常說我沒出息，一輩子不可能像我大哥那樣風光，只能留在家鄉種香菇，只有我的妹妹雪桐常常鼓勵我畫圖，哦！她的名字很有詩意，是油桐花開的時候出生的……」稀微的巷燈映照著兩個影子前後相連，穿過窄窄的桂花巷。

「哇！李秘書，國畫特等獎哩！還有獎金廿萬元，難怪評審委員一直追問到底是哪所學校的美術老師畫的。阿富啊！公所門口幫忙貼個賀榜。我要馬上打電話通知他！我就知道阿春這孩子不會讓大家失望，只可惜從小埋沒在……」林課長瞟了李秘書一眼。

「賀榜怎麼寫？」

「唉啊！你不會寫嗎？」

「就寫賀本鄉藝術家李景春先生，榮獲苗栗縣桐花祭國畫比賽特等獎。」

「林課長，還是勞駕你老親自執筆，我們寫的毛筆字不好看啦！」

「唉！講起來每個都是大學畢業，還沒有一位比得上阿春哩！」

公所同仁及賽夏族人對阿春的讚譽，是滿堂這輩子第一次沾到他的光采。滿堂多年來對原住民存有歧視，但在林課長極力撮合下，且心想阿春退伍後在村內也無交往對象。如果能娶到明月這般漂亮的原住民姑娘，也算是他的造化。

「阿春，那位賽夏族姑娘對你的印象不錯，不妨與她交往看看。」

「她長得那麼漂亮，我只是一個種田的人，講話又結巴，她不會喜歡我的。」

「唉！不妨試試，試試看啊！」

「這麼熱的天氣，妳坐摩托車不舒服吧！」阿春邊騎摩拖車，邊對後座的明月說話。

「才不呢！涼風吹來比坐鐵殼子轎車還舒服哩！」

阿春沿著中港溪東側一直騎到員林村，在濃蔭的老榕樹下停了下來。

明月下車後，在榕樹外圍繞了一圈，「哇！這棵榕樹真是粗大啊！」

阿春坐在樹蔭下回憶說：「沒錯！這棵榕樹已經超過三百年，是一棵珍貴的老樹。當我還是小孩時就看過它，那時並不覺得它珍貴。就像我們從小生長的鄉土及身邊的人，我們同樣不懂得珍惜啊！」

「誰說的？我就喜歡南庄！喜歡南庄的人。」明月努嘴笑著說。

阿春又說：「這幾年南庄為了觀光收入，不斷的開發與破壞山鄉土地。也許有一天，這些熟悉的東西都將慢慢消失，我們可能被迫到城裡討生活。」

明月接著說：「阿春，你的想法未免太悲觀了吧！人如果無法改變環境，就要適應環境啊！」

「妳說得沒錯，人要隨環境而變，只是我們這些山鄉的孩子很難在繁華現實的城市中討生活。」

「別再擔憂了，做人啊！要及時行樂。你看！樹上的麻雀最快樂了。」

阿春不安的說：「麻雀快樂是因為有一棵遮風避雨的大榕樹，而我只是一個種田的人，無法給妳安適的生活。如果嫁給我，還得幫忙做粗重的農事啊！」

「唉！我是賽夏族窮人家的女兒，從不敢奢想嫁給有錢人，那有錢人也會看不起我們。阿春，不管以後的人生如何？只要能和你平實過日子，我就別無所求了！」

明月的話像微風般沁入阿春焦慮的心。

「阿春，下禮拜我們去爬獅頭山看油桐花好嗎？聽說登上山頭的望月亭，可以眺望中港溪一帶的風光哩！」

「好啊！明月，我也正想去獅頭山的禪寺參拜。」

說話間，明月輕挽阿春的手，又把老榕樹繞了一圈，此時她輕快得就像樹上蹦跳的麻雀般無憂無愁。

過了第二年的立冬，這位會講客家話的賽夏族姑娘嫁進了李家。

「唉！阿春這個憨大頭，也能討到這麼靚的新娘，真是憨人有憨福！」

「新娘目珠窩深邃，實在很靚。聽說在南庄桂花巷賣藝品，還會講客語哩！只可惜是個番女……」

「唉喲！那孤僻的阿春講句話吞吞吐吐，從前還會偷女人內衣褲，能娶到她也算是前世修來的福分！不過細妹人要捧誰家飯碗早已註定！」

「那個憨阿春聽說很會畫圖，也不知得一個叫什麼獎？」

「唉喲！得那歪哥獎有什麼用呢？又不能當飯吃，還不是在庄下肩擔耕田的命，比起他在新竹市坐橫桌的律師大哥，連一顆鼻屎都不如哩！」

「銀妹妗，話也不能這樣講，阿春這幾年勤奮打拚，再說『天無三日雨，人無一世窮』，伊哪日出頭天也不一定。」

「哼！那副憨樣也能出頭天？鬼才相信！」

「阿月，時間過得真快啊！唉！想到妳初來時的清純模樣，還是小女孩哩！一轉眼就當人家的媳婦了。我兩老年紀大了，手腳也不靈活了！妳結婚後，無論如何也要留下來幫忙啊！這藝品店開了三十幾年了，我捨不得收起來啊！更捨不得妳啊！」

「要怪就怪我那不爭氣的兒子，也沒這個福分。如果能娶到妳，我們兩老就心滿意足了！」

「不過現在說這些都已經太晚，妳都嫁人了。還好那個阿春是個老實人，我們兩老總算放了心。只不過他大嫂……」藝品店頭家娘阿蓮嬸不捨的說著。

「阿月啊！那天妳頭家娘聽說妳要嫁人，翻來覆去，整個晚上睡不著！後來偷偷爬起來，戴上老花眼鏡看妳從前的相片。又翻出要送未來媳婦的那條金項鍊，還喃喃自語：『就算不能娶個媳婦，也算嫁個女兒吧！』活了一把年紀，女兒也嫁了幾個，還莫名其妙哭了起來，說起來也不怕人笑！」

「還說哩！龜也敢笑鱉。妳頭家那天聽說妳要嫁人，一個人在店門口繞來繞去，嘴裡直念：『我的阿月請了婚假，也不知道還會不會回來？』整天失魂似的，客人買東西找兩百塊，他卻找人兩千塊。後來乾脆拉下鐵門，生意也不做了。第二天一大早，就打電話去臺中罵我那沒出息的兒子。」

「說來說去，你頭家就是捨不得妳嫁人做粗重的農事，但我們女人是油麻菜籽命，撒在哪裡就長在哪裡啊！」

「對了！這條金項鍊是要送妳的，前些日子心思很亂，也忘了給妳，妳現在戴戴看。」

「頭家、頭家娘你們惜我，我會永遠放在心上。我嫁給阿春還是住在南庄。我也捨不得離開你們，我會繼續在店裡幫忙，放假再幫阿春做些農事，你們放寬心。」明月一邊清理藝品，一邊轉頭回話。她想利用極短時間先清理店面，再順便幫兩老清掃住屋。

「幹伊娘！選個鄉長，三個候選人都送自己殺的豬，害我好幾天不用做生意。今年閏九月只有庄尾的阿蕊剛剛買副豬腳說要送去娘家。」

「啊！還好妳媳婦坐月子，否則我這些貴參參的豬腰，只好拿去餵狗！」賣豬肉的肥標懶洋洋的從凳子上站起來。一邊用力包豬腰，一邊破口亂罵。

「桂妹，這副豬腰半買半相送，算便宜妳了！」

「唉喲！我說肥標，你不算我便宜一點，難道要留給你家老太婆坐月子？」

「唉！我們家那隻老母雞早就生不出蛋了，哪能像妳長得靚靚的，每天咯咯叫！」肥標笑咪咪的瞟了桂妹一眼。

「你們這些賣豬肉的，吃得一張嘴油瀝瀝，說的話沒一句能聽！」

「我得趕緊回家炒麻油豬腰，不跟你們這些豬哥閒話。」桂妹撅著屁股就走。

「肥標，你看看方才那個桂妹，買個豬腰也抹粉塗胭脂，目珠還對著你頻頻示笑，找個錢也不怕你這油膩膩的汙手，還趁勢摸了一下，大概想吃免費的豬腰哦！要不是我坐在這裡，你會不會豬腰免錢，再送她五斤排骨？我看那豬腰八成是炒給她客哥吃的，還說什麼媳婦坐月子哩！」隔壁賣菜的阿文邊說邊笑。

「說實在的，桂妹老歸老，還真看不出年齡哩！不過阿文啊！我可不像那憨阿鑑，替她蓋房子，不但工錢沒拿到，還得倒貼材料錢。只換來在她家吃住數月，弄得日夜操勞！」

「說也奇怪！她家的男人蓋房子那幾個月要睡哪裡？」阿文好奇的問。

肥標故意說：「明天有空，你可以好好問問她。」

「唉！有免費的新屋住，當幾個月的烏龜也無所謂！還管他睡哪裡？」

肥標又說：「男人玩政治就像玩女人，一旦掉入那個坑，只有越陷越深，哪能自拔！」

「你看看這次鄉長選舉，三個候選人就像搶心愛的女人一樣打死不退。每個候選人花大錢買票，又買豬來殺，而且挨家挨戶送豬肉。難怪每次選舉家家戶戶都加菜！」

「選上的將來通通汙回來；選不上的欲哭無淚！」

「你看看滿堂那個憨人，公所當個秘書好好的，偏偏旁人慫恿他選什麼鄉長，不知開了多少錢？」

「他那律師大兒子賺錢就在新竹市買店面，哪管家裡的開銷，只是苦了小兒子阿春！」

阿文接著說：「我還是覺得他大兒子能幹，阿春能做什麼事？只會畫一些圖，又不能當飯吃。」

「但不知伊行什麼狗屎運，偏偏娶了一個靚老婆。」

「唉！一朵鮮花插在牛糞上，真教人捶心肝。」

「哦！難怪每次明月來買菜時，你就丟了魂似的，連蔥、蒜都分不清，難道你還想要……」

「肥標，裝什麼裝，難道你就不會想？」

明月嫁到李家後，過了幾年平淡的生活，隨著公公競選鄉長失利，又欠下銀行貸款，加上連年的天災，菇筍收成不好，除了照料臥病的公公，兩個孩子又相繼出生，這些年來也過著艱苦的日子。有人憐惜她一個靚女竟做粗重的農事，有些男人則巴望她離婚，看看能否撿些便宜。只是這些情況卻得不到東和夫妻的體恤，分家產時連她與孩子棲身的古厝也不願放過……

面對大嫂麗美尖酸言語，明月望望身邊口拙懦弱的丈夫，回想當初不是最欣賞阿春的老實無爭嗎？此刻，她深深體會到麻雀能快樂無憂，是因為牠有一棵遮風避雨的百年老榕樹啊！依賽夏族女人出嫁後第二天回娘家慣例，她還記得那天長老傳統儀式的訓話：「日後已經是別人家的人，即使打架，也不可以隨便回娘家。」這些話都讓明月只能把眼前的一切吞入腹內。

隨著李家公廳聲歇人散，夜色漸漸吞沒了四周。除了偶而傳來幾聲狗吠外，山村裡家家閉戶。

「嬤！大哥怎麼可以這樣對待二哥。不能因為他老實就欺負他，況且二嫂多年來對我們李家付出那麼多。哪像大嫂全做表面工夫，每次回伯公廟盡帶些『等路』收買鄰舍，對家裡卻一點也不肯付出。我離家多年是應該少說話，但實在無法裝聾作啞啊！」

秋妹噙著淚說：「妳大哥雖然不是我親生的，但從小看他長大，他的本性不壞啊！阿桐，一切都是命。伊從小失去母親，害怕身邊的東西突然消失不見。對於任何東西都要搶在手裡，只有這樣，伊才放心。」

「大哥以前不是這樣，自從與大嫂結婚後就變了，完全不顧兄弟親情。」

「當初妳大哥生母臨終前交代，怕你阿爸續弦，孩子無人疼愛，就要求所有宗長見證做主，又立下切結文書，將來家產部分由你大哥一人繼承，你阿爸死愛面子，說什麼也不能反悔。」

「但是大哥該拿的通通拿走，該負擔的卻一點也不肯負擔，天下哪有這種道理？」

「阿桐啊！分家產的事情不要再爭了，否則讓鄰舍看笑話，妳阿爸也無法安心的走。現在已經很晚了，睡吧！」

夜深人靜後，雪桐在睡夢裡，彷彿聽到遠處的中港溪水傳來如鄰婦般的竟夕訕笑……

初夏雨水打在山邊姑婆芋葉上，教堂鐘聲也催落滿山桐花，接著校園裡鳳凰花開，孩子們期待的暑假就來了。阿春夫婦料理完阿爸的後事，在南庄的李家農地大部分都歸大哥所有，只有一塊畸零農地歸阿春，算是大哥東和的施捨。因家鄉無法發展，為了孩子將來的教育著想，阿春正思忖如何出外發展。

「阿春啊！你夫婦倆是好人，請你幫我評評理。你大哥東和說什麼我侵占他的農地，還警告我要吃官司！」

「我的農地和你家毗鄰數代人，從前和你一起耕種時，水幫魚，魚幫水，大家和和樂樂的。」

「現在這塊農地分給你大哥就變了樣，人在做，天在看，不要以為我們這些鄉下沒讀書的好欺負，到時候拿鋤頭和他拚輸贏！」阿文氣呼呼的抱怨。

阿文與阿春家農地相鄰，阿文幾年來總是偷偷將靠近自家的田埂挖除，再伺機向靠近阿春家農地擴築田埂，想藉蠶食法增加自家農地面積。其實幾年來，阿春早看在眼裡，只是不願與從小一起長大的鄰居計較。幾年前，阿文就極力攛唆滿堂應把農地分給東和，心想東和如果繼承南庄的農地，人又遠在新竹市，正合己意。誰知東和卻不是省油的燈，他向地政事務所申請土地丈量，還立了標線，也透過鄰居放話，如果阿文重施故技，雙方就到法院上見。阿文聽鄰居說東和昨晚辦完父親後事，已連夜開車回新竹市，今天一大早才敢上李家理論。

「阿文哥，你放心吧！我會勸勸我大哥，大家都是老鄰居了，不要為了一點小事傷感情！」

「阿春！還是你明理。怪只怪你阿爸那個老顛痀，臨死前也不聽我的話，偏偏把農地分給那個不肖子。」

「當個律師就要吃人嗎？你告訴他，不要欺負老實人，我可是天不怕，地不怕的！」阿文邊罵邊偷窺著明月。

「阿文哥，你不要生氣，我會勸他的。」

「阿春啊！拜託你了！天公專門保佑你這種好人，你看看嘛！就連你娶的老婆也是我們全南庄最靚的！」阿文罵完後，又走到灶下瞧瞧明月的身軀，滿足似的從後門偷偷溜走。

新竹市城隍廟前熙來攘往的人潮，不知從哪裡來，也不知往哪裡去，就像廟裡飄出的煙塵麇聚又消散。從小在山鄉長大的阿春並不習慣喧囂的城市，但每日汗涔涔的在麵攤裡工作，早已忘卻身在車水馬龍的市區。

「請坐啊！有麵、有飯。」明月一面招呼來往的客人，一面端湯、送麵。

這騎樓下的麵攤，夏天吹進來的都是熱風，汗水從她清秀的臉龐滴淌，有的順勢滑到襟前的乳溝。在城市麵攤裡討生活當然比山鄉藝品店還辛苦，但她相信只要努力打拚幾年，全家就可以過上幸福的日子。這麵攤的房東與雪桐公司的老闆是熟識的親戚，租金上特別優待阿春夫婦，他們的勤奮與老實，房東都看在眼裡，幾年來未曾漲過租金。後來麵攤的生意越來越好，客人常常在騎樓找不到座位，房東建議阿春夫婦乾脆租下店面做生意。

「阿春，你放心！租金方面，我會特別優待你們。」

「謝謝頭家的幫忙！」阿春頻頻點頭。

「阿春啊！我年輕時從獅潭來到新竹，兩手也是空空，靠自己打拚才有今天，天無絕人之路，我就是喜歡你們夫婦這種勤奮的態度。」

在房東的幫忙下，阿春夫婦麵店的生意越做越好，因人手不足，還請了一位歐巴桑幫忙。阿春為了懷念故鄉，在小吃店裡掛了一幅手繪的《春遊南庄圖》，許多客人聽說此畫出自麵店老闆之手，都讚嘆不已且難以置信。

經過十多年努力，阿春夫婦有了積蓄，而且最近幾年南庄正發展觀光產業。他們打算在南庄街上買下一間店面，繼續經營小吃生意，並先取好店名為「明月小吃店」。經過打聽，阿蓮嬸夫婦去世後，兒子在臺中上班，不想回南庄接藝品店生意。而阿蓮嬸的兒子聽說明月想買下藝品店，便一口答應。阿春夫婦回到南庄後，小吃堅持傳統客家口味，生意越做越好，尤其遇上假日更是人山人海，雖然請了二位歐巴桑幫忙，還是忙不過來。有一位客人為了親眼見到《春遊南庄圖》，還特地從臺南開車過來。慢慢的，阿春夫婦的「明月小吃店」就成為南庄街上人潮招牌。

至於東和夫婦繼承李家全部財產，又在新竹市區買下三間店面出租。東和遊手好閒當起包租公，連律師業務也逐漸荒廢，當然生活也過得越來越奢華。東和每二年就換一部進口轎車，而麗美更是追求時尚，家裡除了高貴的珠寶及衣服，房間更是堆滿名牌皮包。他們隨著財富越來越多，野心也越來越大，夫婦二人玩起追逐金錢的遊戲。東和向銀行融資大炒股票，麗美也瞞著先生，大膽玩起期貨。剛開始，兩人就賺了不少錢，東和想想，乾脆把事務所收起來，麗美更是加碼投資期貨。他們瘋狂投資又遇上經濟發展，手上的財富自然水漲船高。東和夫婦深諳「富貴不歸鄉，如錦衣夜行」的道理，遇上連續假日就忙著採購等路，盛裝打扮後開著進口轎車回到伯公廟的老家風光。

東和夫婦回到南庄老家，帶上一車等路，挨家挨戶送禮，鄰居們紛紛誇讚東和夫婦學歷高又能賺錢，尤其是銀妹妗，「你們瞧瞧！這才是真正的有錢人，不但錢多又懂得禮數。從東和小時候我就知道將來一定有出息，阿春拿什麼跟他比？不同母親生的到底不一樣。」

東和的叔公連玉在南庄街上，逢人便說李家祖先保佑，怪不得姪孫東和財源滾滾。

「當初還好把公廳及古厝分給東和，你看！今年他又出錢整修公廳，真是光大門楣，連李家祖先也跟著沾光。」

就在那一年宗祠公祭時，東和出錢宴請所有李家宗親，他在公廳禾埕上辦桌，還請了歌舞團助興。東和夫婦在宗親熱烈的掌聲中，穿梭全場，逐桌敬酒，只有上回為了田埂吵架的阿文祭完祖後，對著祖先牌位詛咒東和幾句就忿忿離開了。

三年後發生全球金融風暴，再加上經濟不景氣，國內股市狂瀉，而石油期貨也跌到谷底。東和夫婦因投資金額龐大，除了賠掉新竹市區三間店面，還積欠銀行大筆貸款，不但自己住的房子遭到查封，就連登記在他私人名下的南庄公廳及古厝也遭到法院查封。

叔公連玉老淚縱橫，「唉！本來想公廳還未完成祭祀公業法人登記，暫時登記在阿和名下不會有問題！想不到這個不肖子孫連祖先也敢出賣，現在兩夫婦連個鬼影也找不到，難道要祖先牌位淪落到路邊風吹日晒，那我死後還有什麼臉去見李家祖先？」

其他宗親看到公廳大門貼上法院封條，對照兩旁「猶龍世第；旋馬家聲」的楹聯更覺臉上無光，但也只能面面相覷。

阿春夫婦在南庄街上刻苦耐勞的經營小吃店，經過幾年努力累積了不少錢。阿春聽說李家公廳及古厝遭到查封拍賣，就請妻子默默的向苗栗地方法院標下房子。後來宗親得知阿春買回公廳，紛紛登門道謝。

叔公連玉語重心長的說：「還是老實的比較長久，顯派頭的只有一時。阿春，這回真的要感謝你，公廳總算沒在我手裡被賣掉，否則死後我沒臉見李家祖先啊！」

阿春回說：「各位宗長不必客氣，我是李家子孫，維護公廳也是我的責任。為了長遠打算，請叔公及宗長將公廳完成祭祀公業法人登記手續，以免後代子孫又遇上同樣的麻煩。」

叔公連玉接著說：「阿春，我們會儘快完成法人登記手續，今天我一定要燒香向李家祖先稟報你的善舉，祖先一定會保佑你這一房子孫富貴興旺。」

在場的李家宗親除了感激阿春的及時奉獻，又紛紛指責東和夫婦出賣祖先。

近幾年國人注重休閒娛樂，南庄已成為都市人的旅遊勝地，每逢假日，「明月小吃店」的生意特別忙碌。因阿春的無私傳遍整個南庄，小吃店連平日也天天客滿。阿春夫婦很快就買下隔壁店面，並租人做生意。小吃店生意越來越好，明月趕緊再請一位歐巴桑幫忙，而原來二位歐巴桑又是熟手，終於讓明月鬆了一口氣。

就在那一年榖雨交立夏的季節，明月對阿春說：「這幾年我們辛苦打拚生意，已經錯過十幾年的油桐花季，這幾天我們休個假，一起去獅頭山看看油桐花吧！」

阿春回說：「我正想去獅頭山的禪寺還願，對了！油桐花開就是雪桐的生日，我打電話找她一起去賞花。」

「好啊！我們一起去看看油桐花。」

他們相信今年南庄的油桐花一定開得比以前更漂亮……

再生緣

少年聽雨歌樓上，紅燭昏羅帳。
壯年聽雨客舟中，江闊雲低斷雁叫西風。
而今聽雨僧廬下，鬢已星星也。
悲歡離合總無情，一任階前點滴到天明。

初秋的天氣，山坳下過一陣雨後，溪水奔漲。雨停了，破陋的石砌屋頂，雨水淅淅瀝瀝。

「阿婆！阿婆在嗎？」小男孩一隻手撐著姑婆芋葉當傘，另一隻手提著一包東西，對著門內喊。

屋裡似乎還沒有動靜，只聽到屋簷斷斷續續滴下答答的雨聲。

「阿婆啊！我來了。」小男孩走進屋裡，並大聲的喊。

「誰啊？」佝僂的阿婆從廚房裡緩緩走出來，醃漬梅似的臉皮，初見面的人總是被她的面容驚嚇到。

「阿祥啦！阿婆。」

「噢！小阿祥啊！阿婆要生火煮飯哩！下雨天柴枝受潮，不易生火啊！」

「阿婆！阿爸說這塊山豬肉給妳，對了！阿婆我來幫妳生火。」不等阿婆回答，阿祥已溜到廚房。阿祥雙手握著竹管，對著火苗使勁的吹。

「火生起來了！火生起來了！」阿祥興奮的跳了起來。

阿婆走進廚房時，柴火已發出嗶嗶剝剝的聲音，炊煙從傾圮的窗口竄出，沿著山壁飄到天空。

「好孩子，謝謝你啊！」阿婆用手摩挲著阿祥的頭。

「阿婆，記得山豬肉今晚就煮來吃，我走了！」

「謝謝你啊！阿祥乖，不要跑那麼快，小心山路濕滑。」

話才講完，小男孩已跑到山徑路口青櫟樹下，他停下腳步，又回頭看看瞇著眼倚在門口的阿婆，小男孩高舉雙臂向阿婆揮手後，再往山路跑。

山裡的夜來得特別快、特別濃。阿婆石屋與附近獵戶鄰居相距百尺，山坳裡風颳得不算大，但秋雨過後依舊家家閉戶。阿婆一個人煮些野菜，晚餐就算溫飽，她不打算煮山豬肉，因為陰曆十五是她茹素的日子，五十幾年來都是如此。

「唉！又是十五！」令她意外的是，雨後竟有一輪明月懸在天空，她不禁低頭嘆息。

她緩緩的走進廚房，並坐在土灶旁，柴火還有些餘溫，她隨手添些柴枝，火苗重新燃起，而且越燒越旺，不時發出嗶嗶剝剝的聲音。阿婆平日斤斤計較柴火的奢儉，今晚卻頻添柴火，一發不可收拾。火越燒越猛，把阿婆的臉照得紅通通。她用手輕撫臉上被火灼傷的陳年疤痕，腦海不時浮現阿祥的父親慶生，還有慶生的哥哥。到底是慶生？還是慶生的哥哥？她也分不清楚。只希望記憶像死灰一般終生湮滅，但熊熊的灶火卻又讓她燃起五十幾年前中秋夜的那一場惡火。

「嗚……」闃靜的山坳傳出這老婦陣陣的哭咽。

淡水河經過的艋舺商旅雲集，在艋舺最大的商行就屬番薯市街的林記商行，商行經營北臺灣米糧、茶葉、絲綢等買賣。商行的主人林祖佑泉州人，年近半百體態臃腫，是艋舺的首富，當地人都叫他林老爺或「林阿舍」。他娶了一妻一妾，再將一個婢女納為偏房。大房施翠蓮是小地主千金，溫柔婉約，只可惜膝下並無子女。她常年拜佛茹素，深居簡出，從不插手商行生意，對待下人也十分寬厚。

下人們常說：「大奶奶禮佛濟貧，慈眉善目就像觀音娘娘。」

因大房無子嗣，「不孝有三，無後為大。」林祖佑為傳宗接代又娶了白玉樓酒家紅牌胡麗金為妾，希望為他添得一子半女。二房煙花出身，長袖善舞，工於算計，不但插手商行生意，連林家大小事情也要聽她發落，儼然是林家唯一的女主人。二房雖然自己穿金戴銀，對待下人卻十分苛刻。因為她精明能幹，下人們也敢怒不敢言。二房名喚胡麗金，下人們偷偷叫她「狐狸精」。這件事很快傳到她耳裡，她也放話，如果還有下人膽敢再叫她狐狸精，一定要他賠賣身錢，再逐出林家。為了這件事，她就改名為胡麗花，街坊鄰居常受她好處的，叫她麗花二奶奶，其他的人還是偷偷叫她「狐狸精」。二房雖然處心積慮掌握林家大權，但肚皮也始終沒有消息。

另一位長年服侍林老爺的婢女叫秀珍，因長相清秀，深受林老爺喜愛，就被納為偏房。秀珍雖然比其他奴婢幸運當上三奶奶，但在林家的地位依舊低落。有些在林家二代的下人根本不把她放在眼裡，二奶奶對她也沒有好臉色。秀珍心裡明白，她是三位奶奶中年紀最輕的，唯有肚皮爭氣，才能在林家掙得地位，也是她鹹魚翻身的唯一機會。

幾朝的淒雨、連夕的寒風，林家大院的榆樹、茄苳樹落葉紛紛。晨雞啼歇，天邊終於露出紅澄澄的朝陽，幾個下人趁著難得的好天氣，趕忙打掃院子。

「唉！落葉真多啊！掃完了又落，落完了又長，生生不息啊！」

「要是奶奶們像茄苳樹葉那麼會生就好了。」

「就是啊！老天爺真是捉弄人，奶奶們一點消息也沒有。已經很久沒有看到老爺的笑容了！」

林家的下人阿順仔、阿昌仔兩個人邊掃邊說。

此時半頭白髮的老管家福伯剛好經過，「你們兩個沒事不要在這裡說三道四，小心二奶奶扒你們的皮！趕快把院子掃好，雜物間還有一屋的木柴要劈！快過年了，做不完的事，還有很多東西要準備哩！」

「對了！老爺交代我今天到大稻埕一趟，可能明天才能趕回來。你們趁今天天氣好，要勤快些把事情做好，尤其是阿昌仔不可貪杯誤事。」

「福伯啊！您老人家放心，我們會認真做，你趕快去吧！記得回來時帶些好吃好喝的，去大稻埕千萬不要偷偷溜去……查某間。」雖然阿昌仔故意把最後三個字說得極細聲，但阿順仔仍忍不住發出噗哧笑聲。

福伯已匆匆走至院外，聽不清楚阿昌仔後面幾句話。只是他內心疑惑：「這兩個年輕人的年紀也不小了，竟像小孩子一般調皮，我像他們這般年紀時……唉！」

等福伯走遠了，阿昌仔說：「聽說福伯年輕時在大奶奶諸羅山的娘家管帳，而且偷偷喜歡大奶奶。但命運捉弄人，大奶奶卻嫁到林家，福伯也心甘情願到我們林家當傭人。老爺看他老實可靠，做事又勤快，就叫他當管家。在我們林家大概也快三十年了，為了大奶奶終生未娶。」

「昌仔，你是聽誰說的？」

「哦！我是聽福伯一個遠房親戚無意間說溜嘴的。」

「唉！福伯真是痴情，除了大奶奶，對其他女人一點都不動心，你還敢開他玩笑哩！」

「順仔，你說得是，哪像二奶奶嫁給我們老爺還不安分守己，我聽阿娥說常和街上恆生藥行的楊老闆偷來暗去的。最近又弄了一個叫胡川書的小白臉到我們林家當什麼小管家，騙老爺說是她的遠房姪子，還教他專管商行的各項帳務，我看八成是她的……」

「噓！你不要再說了。」此時二奶奶剛好從客廳往院子裡走來，阿順仔趕緊示意阿昌仔閉嘴。

麗花二奶奶一身紅綢珠圍翠繞，前頭的婢女阿珠抱著一件大衣，手裡拿著油紙傘，後面的婢女阿娥提著燒香的竹籃子。麗花一早又要去龍山寺燒香，祈求觀音菩薩及註生娘娘讓她早生貴子。

「你們兩個瘟仔，趕緊把院子打掃乾淨，老爺就要起床了。這福伯也真是的，放任你們這些下人偷懶，成天只知吃飯、睡覺。哼！沒事還敢給我閒言閒語的。」麗花對著兩人胡亂罵了一陣，才輕移蓮步往院外走。

等二奶奶走遠，阿昌仔忍不住說：「罵我們下人就像罵龜孫子一般，她才是成天吃飯、睡覺哩！沒事還搬弄是非，這樣壞心腸，我就不相信註生娘娘會讓她生出孩子！像我們大奶奶才真真菩薩心腸，老天爺一定會保佑她的。」

阿順仔接著說：「奶奶們的事，我們還是少說為妙，別人可是金枝玉葉，我們是天生奴才命！」

天氣放晴，艋舺龍山寺的香客特別多，寺外的乞丐也跟著熱鬧起來。

「林二奶奶啊！好久不見！請進，請進。」廟公一見麗花，趕緊上前問候，因為林祖佑老爺是這間寺廟的大施主，每年捐上幾百兩銀子，廟公當然不敢有絲毫怠慢。

「二奶奶請入內奉茶！」廟公屈腰恭請。

「不必麻煩了，我要燒個香許願。」麗花一臉冷漠。

廟公趕緊幫忙點香，麗花唸唸有詞，在大殿裡燒香許願，許完願後就往殿旁的長椅稍坐。

「阿珠來，拿廿兩給廟裡添個香油。」

廟公連忙道謝不迭，「二奶奶真是有心人啊！觀音娘娘一定庇佑您闔家平安發大財！」

阿娥插嘴說：「我家二奶奶許的是早生貴子的願。」

「阿娥，不許多嘴！」

廟公接著說：「哦！那就更要恭喜二奶奶了，本殿註生娘娘最靈驗，來春必有好消息！」

麗花終於有了笑容，「阿珠、阿娥，把果品收拾一下。」

廟公又說：「二奶奶是否在寺內用些齋飯？」

麗花說：「不用了，等下回還願時再麻煩你們。」

麗花走出大殿，廟公一直恭送至寺外，「二奶奶慢走！」

溫煦的陽光灑在麗花臉上，她又露出得意的笑容，邊走邊想：「最近才和川書有過幾次，來春應有好消息。總之，要比秀珍那個死丫頭先有喜才行，管它是老爺的還是……」

「二奶奶小心！」麗花差點撞上寺外討錢的老乞丐，「你這個死要飯的給我滾開！差點弄髒我的新衣服。」

婢女阿娥也上前怒叱：「滾開，滾開，臭乞丐！」

沒想到衣衫襤褸的老乞丐退到路邊後，竟對著麗花的面吟唱：「命中有時終須有，命中無時莫強求！錢財原是身外物，富貴由天不由人！」

阿娥杏眼圓睜，「臭乞丐假慈悲，連飯都吃不飽，還裝什麼菩薩？」

「阿娥，走了走了，不要理這個死癲痢！」

麗花匆匆走了數十步後，耳畔仍迴響：「命中有時終須有，命中無時莫強求！」的聲音。她回頭一看，再也找不到老乞丐的身影。

過完年後，淡水廳最有名的大夫孫仲景在林家大宅進進出出。今日在林家老爺的書房裡，孫仲景替三奶奶秀珍仔細把脈。年近不惑的他捋一捋長鬚後，即笑吟吟的向林祖佑作揖，「恭喜老爺，賀喜老爺，三奶奶有喜了！」

林祖佑喜出望外，立即轉身向祖廳方向躬身長拜，「真是祖宗保佑！祖宗保佑啊！」

「哦！我差點忘了，阿福啊！快拿十兩銀子謝謝孫大夫。」

阿福連忙拿出銀子，孫仲景起初不肯收下。

林祖佑接著說：「些許銀子不成敬意，還請笑納。」

「林老爺，您上回已多付銀子給我，既然如此，我就收下添個喜氣。」孫仲景又走到林祖佑身旁，「多謝老爺賞銀！三奶奶的身子要好好將養，不宜過度勞累。我已開立幾帖養胎良方，待會兒可派人至恆生藥行抓藥。」

孫仲景接著向林祖佑拱手，「林老爺我還有事，請容我先走一步。」

林祖佑回頭說：「阿福啊！送送孫大夫。」

秀珍身邊只有一個初來的小婢女阿月。林祖佑一聽秀珍懷上身孕，阿福才送完孫大夫，就急忙把他叫了過來，「阿福啊！三奶奶有喜了，你把手腳伶俐的阿桃再派給她使喚吧！還有順便叫阿昌仔去恆生藥行抓藥。」

「老爺，我馬上去辦！」林祖佑想想，又叫住他說：「阿昌仔辦事，我不放心，阿福啊！還是你親自跑一趟恆生藥行。」

秀珍房裡原來只有阿月可供使喚，最近林老爺又加派阿桃供她使喚。阿桃原是大房施翠蓮的婢女。起初她仗著自己是大房的丫鬟，從前又服侍過老奶奶，因此秀珍剛被林老爺納為偏房時，她就常說：「歪嘴雞也想吃好米，飛上枝頭還是雞。」

以前秀珍請託事情，阿桃常常推三阻四，根本不把她放在眼裡，但現況不可同日而語。秀珍把房裡粗活全交代阿桃去做，而且不准阿月幫忙。伺候茶水不是嫌冷，就是嫌熱，白天睡太飽，半夜裡睡不著，就把阿桃叫起來服侍自己，沒事還對她說：「我這間小廟可容不下妳這尊大佛，如果嫌我們林家不好，趁早結清贖身錢，找個好人家。」

林家的下人都是牆頭草，見到這般情形，紛紛指責阿桃先前狗眼看人低，有事沒事也向秀珍獻些殷勤，阿桃自己只能暗地裡叫苦。

搔背總要抓對癢處，下人們對秀珍「三奶奶長，三奶奶短」叫得親切，連秀珍也自覺身價不同。她從前吩咐老管家還尊稱一聲「福伯」，現在則直呼他「阿福」。

有些人向福伯抱不平，「哼！她以為她是誰？連大奶奶也得叫您一聲福伯，她竟敢……」

但福伯並不以為意。秀珍眼下要顧忌的人衹剩麗花二奶奶，她深知母依子貴，但現在不知自己懷上的是男孩或女孩？對二奶奶還是忍氣吞聲才是明哲保身之道，等小孩平安生下再作計較。

麗花一聽到秀珍有喜的消息，正在氣頭上，剛好看見秀珍房裡的小婢女阿月，在客廳不小心打破一個茶杯，便惡狠狠的賞了她一個耳光，並提高聲調說：「現在可好了，三房裡連個小婢女也水漲船高的，不合意就可以隨隨便便蹧蹋林家的東西，改天就騎到我頭上來了。」

秀珍在房裡聽得真切，「打狗看主人。」她明白麗花這句話當然是針對她。但眼下的情況，她只能選擇隱忍。

小婢女阿月忍著疼痛，不敢啜泣，她眼角泛紅，趕緊收拾客廳，再走進三奶奶房間。

秀珍心疼她，「過來吧！阿月，把這瓶華陀青草膏先拿去擦擦，現在還是先忍著點。哼！給我走著瞧，總有一天……」

阿月只是個青澀小女孩，她當然不懂三奶奶的話。

麗花看到林祖佑每天在秀珍的房裡忙進忙出，福伯又常往恆生藥行跑，偏偏自己肚皮又不爭氣。自秀珍有喜，林祖佑就足不出戶。川書雖近在眼前，也得掩人耳目，自然要懷上孩子也不是一件容易的事。她曾懷疑秀珍到底懷上誰的孩子？因為她與林祖佑在一起多年都不曾懷孕，而那個賤人不到二年就害喜，到底是阿順仔的？還是阿昌仔的？還是福伯的？還是其他人的？她開始懷疑自己在林家的地位。眼前無論揚湯止沸或釜底抽薪的手段都得同時使上，揚湯止沸就是同川書趕快有喜，但人多口雜，且林祖佑過完年後不出遠門，她與胡川書自然無法溫存苟合；至於釜底抽薪的辦法，只能去找恆生藥行的楊老闆試一試。

恆生藥行是祖傳三代全艋舺最大的藥行，現在由楊老闆當家。楊老闆名喚天賜，年逾不惑，白淨面皮，雖已娶妻生子仍性好漁色。他有一種癖好，不去花街柳巷尋歡，專偷人家小老婆或包養戲班的孌童。從前麗花在白玉樓酒家掛頭牌，楊天賜對她一點興趣也沒有，後來林祖佑為她贖身，納為二房，楊天賜就對她垂涎三尺，想盡辦法非得到她不可。

麗花進了林家，為了早生貴子，常常瞞著林祖佑到恆生藥行抓藥調養。麗花雖是歡場出身，第一回走進恆生藥行，免不了假裝新婚女子的矜持。楊天賜拿藥材給她時故意露出淫笑，一雙賊眼直往她身上打量。麗花嬌羞且低頭不語，但離去時又回眸淺笑，弄得楊天賜心癢不已。第二回再進恆生藥行已是申牌時分。她不許婢女阿娥隨身，自己卻打扮得花枝招展，阿娥覺得奇怪，但不敢開口。

楊天賜一見麗花到來就說：「二奶奶真是內行人，買的全是本店最珍貴的藥材，須至內室拿取，請隨我來。」

麗花毫不猶豫就隨他進去。楊天賜至存放藥材的內室後，立即帶上門閂。包好藥材後，轉身交給麗花，並趁機撫摸她的手心，麗花不自覺把手縮了起來。

但楊天賜另一隻手快速又熟練緊握她的雙手說：「麗花，妳長得真漂亮，手真細啊！嫁給林祖佑那個死胖子，真是糟蹋妳啊！」

「討厭！你就不怕別人撞見嗎？」麗花發出嬌嗔。

「放心啦！我早就吩咐過，這間內室沒有我的允許，夥計們是不准靠近一步的。」楊天賜忍不住又向前環抱她，並輕輕吻了她的臉，沒想到過慣生張熟魏日子的麗花竟怦然心動。

內室裡異常安靜，麗花突然回過神來，「不行，天黑了，我得走了！」

楊天賜無奈的說：「我的冤家！下回早點來！」

他一邊鬆開門閂，一邊用手摩挲麗花的豐臀。麗花端莊儀容後，若無其事的離開恆生藥行。

麗花自恆生藥行回來之後，沒出門也打扮得香味撲鼻。有時還對著鏡子傻笑，阿娥看在眼裡更添狐疑。

幾天後，麗花一大早就向阿娥交代：「老爺問起我，就說到對街買些胭脂水粉。」

過了一會兒，福伯也走進來說：「阿娥，麻煩妳到對街買些針線，阿絹陪大奶奶燒香去了，一時找不到人去。」

阿娥依福伯交代，隨後就上街去了。阿娥在大街上走著，突然在街底的轉角看到麗花的背影。她好奇偷偷尾隨，果然是一身紅綢的二奶奶。只見她笑吟吟的走進恆生藥行，沒想到光天化日下，楊天賜竟一把拉起她的玉手調戲。

只見麗花恣笑，「唉喲！不要啦！」

阿娥看在眼裡，躊躇一會兒，不敢久留，趕緊回頭去買針線。

這一頭的麗花熟門熟路緊隨楊天賜進入內室，外頭夥計忙著招呼藥行生意。麗花進入內室後，楊天賜隨手帶上門閂。此時除了隔間的窗櫺透進一絲微光外，內室裡漆黑一片。

「麗花，妳這個小冤家！」楊天賜的雙手在黑暗中更加無法安分。他緊緊擁抱麗花，並吻著她的朱唇。接著一雙手不由自主在她全身上下遊走。

「天賜，不要……」她話未出口，自己就順勢癱軟在床，任由楊天賜手舌並用，交纏愛撫，兩個人就像乾柴遇上烈火。

正當麗花慾火難耐，伸手去解楊天賜衣物時，「不必多事！」沒想到楊天賜竟然擋住她的手。

麗花一臉錯愕，頓時全身像澆了一大盆冷水。她生氣的推開楊天賜，「難道你真的像外面的人所說的……」她立即穿上衣服，奪門而出。

麗花在路上，從滿臉緋紅轉成慘白，心裡不斷嘀咕：「林祖佑無法讓我懷孕，原來指望偷偷留下楊天賜的種，沒想到外頭的傳聞竟是真的。他一定是常年縱慾，春藥服用過量，不能人道，怪不得專包養洛津七福子戲班的孌童，原來是用來調戲的。我今天真是倒楣，羊肉還沒吃就惹得一身羶！」

麗花前幾次自恆生藥行回來，就像懷春少女心花盪漾，但今天自恆生藥行回來，卻完全變了樣，不但打奴罵婢，還亂摔東西。

阿娥看在眼裡，更覺納悶，心想二奶奶一大早才與楊老闆蜜裡調油，一回到家就變了臉，還是小心應付才好。

麗花借種生子的計謀落了空，眼見秀珍的肚皮一天天隆起，她只好另起爐灶，開始對林家家產進行蠶食。早在三年前，她就藉口商行需要一位管理帳務的年輕人，經親戚介紹在竹塹娘家物色到一位合適對象。此人姓胡名川書，年紀廿出頭，長得一表人才，卻是個不學無術的浪蕩子弟。他在私塾裡讀了好幾年書，成天流連花街柳巷，再加上一些狐群狗黨，永遠考不取秀才。後來靠他父親行賄主考官，總算補了一個生員，當地人稱他「白面書生胡秀才」。如以胡川書的才學在私塾裡教書就是誤人子弟，還好他有自知之明，所以成天無所事事。剛好親戚介紹艋舺林記商行需要記帳的人，而且他也想離開家鄉到北部開開眼界，所以抱著姑且一試的心態到親戚家與麗花相見。

「果然是一表人才！」麗花露出愉悅的笑容，並對胡川書頻送秋波。

「川書，這位是艋舺富商林家二奶奶。」

胡川書向麗花躬身作揖：「見過二奶奶，小生胡川書。」

「不必客氣，都是本家人，以後叫我麗花就可以了。」

「小生豈敢造次，還是稱您一聲二奶奶好。」

麗花聽了更加開懷說：「既然是本家人，又虛長你幾歲，更應親上加親，以後就姑姪相稱好了。」

胡川書接著說：「那我就斗膽稱您麗花姑姑。」

麗花又說：「川書，就這樣講定了。這裡有十兩銀子，你先拿去權充川資，半個月後到我們林家商行幫忙，我不會虧待你的！」

胡川書連忙道謝：「多謝二奶奶關照！」

「唉！你看你，還不改口？」

胡川書趕緊說：「多謝麗花姑姑關照！」

麗花一臉嬌媚：「對嘛！這樣才像一家人。」

麗花臨走時，又趁旁人不注意，笑盈盈輕踢了胡川書的皂鞋一下。

胡川書方才仔細看了風韻猶存的麗花，為了貪圖她的美色，便下定決心要去林記商行。

胡川書雖然不學無術，但好歹在私塾讀了好幾年的書，對於商行記帳諸事總算勝任，加上商行的夥計們都知道他是二奶奶的遠房姪子，所以大家對他也畢恭畢敬。林家除了商行及大宅院外，離大宅院十餘里處，尚有接待賓客的庭園「春雨居」。它是林祖佑親筆書名的，取自陸游「小樓一夜聽春雨，明朝深巷賣杏花」詩句。林祖佑的祖父是個牛販，常年奔走臺灣中部葫蘆墩一帶販牛為生，當然無法讀書識字。等到林祖佑父親一輩搬遷到淡水廳後，便開始經營米糧生意。家道漸漸殷實，便延師教子，因此林祖佑雖無功名，卻頗好詩書附庸風雅。這「春雨居」林木蓊鬱，環境清幽，是林家接待賓客與度假的莊園，多年來由下人阿旺負責打掃管理。

阿旺本是富家子弟，也讀過幾年書，無奈家道中落，淪為白玉樓酒家打雜小廝。但善於察言觀色，深得麗花歡心，林祖佑在白玉樓酒家替她贖身時，麗花便調唆他買下阿旺。林祖佑見他讀書識字，就派至「春雨居」打掃兼管理書籍字畫。麗花初來林家，人單勢孤，一心只想培養自己的勢力。阿旺也沒讓麗花失望，一切依照她的眼色行事。

其實麗花好幾次到商行看望胡川書，礙於人多無法成事。後來麗花假借核對商行帳目，把胡川書約至春雨居，這一端阿旺早已布置妥當。

胡川書一身素淨書生打扮前往，阿旺早在門口相迎，「小管家請進，您真是我們春雨居的貴客，二奶奶已在內室恭候多時，外面一切有我打點，你們可以在內室裡慢慢詳談……」

胡川書是個登徒子，當然明白阿旺的意思。他逕入內室並隨手將門帶上，隨後聞到滿室脂粉清香已微醺欲醉，再看麗花打扮得仙女一般，早已按捺不住。立即趨前環抱她的柳腰，並用手輕撫她的彤顏。

「川書，你不要猴急嘛！」麗花欲拒還迎羞赧的將身體靠了過去，兩人忘情擁吻，一切順其自然，至於姑姪禮教早已溶蝕殆盡。

兩人在春雨居一番雲雨後，麗花深情對著胡川書說：「我已經是你的人了，今生你可不能負我！」

胡川書馬上舉起一隻手，「我發誓今生今世只愛麗花一人，如違背誓言將不得好死！」

麗花趕緊用手堵住他的口，並嬌嗔的說：「討厭！誰教你發誓的？貓兒豈有不偷腥的？男人啊！哪一個能信？」

胡川書又往前緊緊纏抱著她，麗花轉頭並用手輕輕摩挲他的臉說：「川書啊！只要你真心待我，並聽我的話去做事，將來林家全部的家產就是我們兩人的。」

胡川書一聽到偌大的家產便喜形於色，兩人又纏綿了一會兒，才依依不捨離開。

待阿旺掩門已是未牌時分，「春雨居」一切又回歸靜謐，冷風吹來只聽到簌簌的落葉聲。

秀珍有喜，林祖佑終於有後，他便日日待在家中，並時時到秀珍房裡探視。麗花眼見林祖佑對秀珍呵護備至，而眾目睽睽想與川書偷情懷子卻苦無機會，在無計可施之下，只好再去求恆生藥行的楊老闆。

「二奶奶許久不見啊！今日光臨寒舍，不知有何見教？」楊天賜故作客套。

麗花立即回說：「我無事不登三寶殿，請入內詳談。」

兩人先後進入內室，麗花一邊閂門，一邊小聲說：「楊老闆，我有話就直說了，你也知道我們林家誰先生下長子，將來林家大部分家產就歸他。最近那個賤人害喜，又常到你們恆生藥行抓藥安胎。請看在過去的情分上，無論如何要幫我一個忙，在藥材裡摻些紅花之類就濟事，我絕不會讓你吃虧的。」

楊天賜若有所思，「哦！這……這可是傷天害理的事啊！」

麗花怕他心軟，立即又說：「這裡有三百兩銀子，你先拿去，事成之後另有重謝。對了！我聽說你家中那個七子戲小優飛燕已長喉結，事成之後，我替你去唐山物色年輕絕美的小優，保證唱作俱佳，讓你愛不釋手。」

麗花久處煙花，總能搔到男人的癢處。

楊天賜想了一想，「這件事讓我考慮看看！」

麗花忙說：「你不必再考慮了，就這樣說定了。這裡人多口雜，我不方便常來，請你儘快見機行事。」

楊天賜支吾幾句，打開後門讓麗花鬼鬼祟祟的離開。

麗花走後幾天，楊天賜還是不敢下手。他心想如果林家三奶奶流了產，林祖佑一定會找名醫孫仲景質問。而三奶奶安胎藥材全取自恆生藥行，到時候恆生藥行和自己都脫不了干係，這一筆生意橫算豎算都不划算。再加上最近他在府城物色到七子戲孌童妙音阿青，麗花的誘餌已消失。至於她給的三百兩前金，找個機會退還便是。

這一端，麗花苦苦等候，卻無秀珍流產的消息。她知道楊天賜早已食言，只後悔當初沒有親自下手，除了找楊天賜取回前金外，只好另覓良策。

麗花終於盼到林祖佑去洛津向縣令楊桂森祝壽。楊桂森是林祖佑在唐山做生意時的舊識，去年自唐山外派至彰化擔任縣令。前一陣子海盜蔡牽滋擾沿海一案，弄得他寢食難安。還好林祖佑及地方仕紳出錢出力，並組織民兵協助靖亂。因官兵全力緝捕，海盜流竄外海沿岸，得以喘息，楊縣令終於可以放心過生日，但也讓他見識到化外臺灣剽悍民風。

林祖佑前腳才離開艋舺，麗花後腳就踏進春雨居，而胡川書一早就在寢室相候。這一對露水夫妻「小別勝新婚」恩愛繾綣，尤其是麗花就像久涸的稻田，最需要胡川書這類年輕放蕩的春雨灌沃，除了滿足私慾，當然希望一舉得子，鞏固她在林家的長久地位。

林祖佑自洛津回來三個月，麗花便覺食慾不振，有時甚至想吐，林祖佑急忙請孫大夫前來看診。孫仲景在麗花的閨房，仔細替她把脈，再看看她的氣色。

林祖佑心焦的問他：「孫大夫，病情如何？」

孫仲景捋鬚哂笑，接著向林祖佑拱手，「恭喜老爺，二奶奶有喜了。」

林祖佑樂不可支，「太好了！真是太好了！」

婢女阿娥見狀，也說：「恭喜老爺，我們林家這下雙喜臨門啊！」

林祖佑連忙說：「阿娥，去叫阿福過來，順便拿十兩銀子謝謝孫大夫。」

孫仲景向林祖佑說：「二奶奶要好好靜養，我先開幾帖養胎藥方，您再差人至恆生藥行抓藥，容我先走一步。」

待孫仲景走後，林祖佑便差阿福至恆生藥行抓藥，自己也吩咐下人至廳堂準備酬神祭祖。

麗花得知自己懷孕後，心想：「還是川書年輕有本錢，若要靠林祖佑那老頭子，真不知何年才能懷孕生子？現在可好，秀珍和自己都懷上孩子。如果秀珍生的是兒子，自己生的是女兒，事情可就不妙。就算兩人都生兒子，秀珍那賤人生的就算長子，自己豈不是大吃悶虧？不行！一定得想想辦法，或許川書有更好的辦法！」

林祖佑緩緩走近她身旁，「麗花，妳到底在想什麼？」

麗花嚇了一跳，「哦！我在想不知懷的是男孩還是女孩？」

林祖佑安慰她說：「唉！老天爺好不容易才讓妳懷上孩子，不管是男孩、女孩都好。」

麗花微嗔，「老爺，你說的可是真心話？」

林祖佑說：「妳別想太多，好好休養就是了！」

麗花接著說：「現在商行裡的帳務，我的姪子川書管理得井井有條。現在我懷了孩子，家中的帳務也應一併交給他管理。阿福到底是個外人，況且年歲漸大，手腳也越來越不靈光啊！」

林祖佑遲疑了一會兒，「阿福在我們林家也快三十年了，這……」

麗花假哭起來，接著說：「你看你，才說要照顧自己人，連我姪子也不顧了，真教我在外人面前連頭也抬不起來。」

林祖佑拗不過她，最後無奈的說：「好吧！好吧！就照妳的意思去做。」

冬盡春來，燕子還巢，林家大宅也跟著沸騰起來。

林祖佑在廳堂中不安的走來又走去，「唉！生了嗎？到底生了嗎？」

他終於忍不住逕闖秀珍的房間。人還未到門口，就聽到秀珍殺豬也似的哀嚎聲，阿月趕到門口，擋住林祖佑，「老爺，請您在外頭等，三奶奶就快生了。」

「唉！到底要多久？真是急死人了。」他又轉身走回廳堂，並合十長拜，「觀音娘娘保佑！祖宗保佑！」

「呱、呱……」突然房裡傳出嬰兒的哭聲，婢女阿月從房間奔到廳堂，「老爺！老爺！三奶奶生了男孩！」

林祖佑喜出望外，對著廳堂祖先牌位膜拜，「太好了！真是太好了！我們林家終於有後，我林祖佑對得起林家的列祖列宗了。」

阿月又說：「老爺，三奶奶請你進來看看孩子。」

林祖佑此時才回過神，「哦！我就來，我就來。」

秀珍生了兒子，林家上上下下非常高興，只有麗花和阿桃無喜反憂。麗花心想秀珍那賤婢竟然生下兒子，日後得想個辦法把她逐出林家，「對了！就是她。」此刻腦海立即浮現阿桃的身影。

而阿桃自秀珍懷孕後便吃足苦頭，現在秀珍又生下兒子，她往後的日子必定雪上加霜。惟有借助二奶奶的力量才能對付三奶奶，為了自保，只能向二奶奶靠攏。讓她在黑暗裡似乎又透出一線曙光。

四個月後，蟬聲唱遍林家大院，屋裡人聲也跟著鼎沸。

「啊……」麗花的哀嚎聲夾雜著產婆的聲音，「就快了，二奶奶用力！再用點力！」

林祖佑雖不是第一次當父親，還是搓著手，在廳堂來回不停的走動，「怎麼還沒生出來？」

此刻胡川書也自商行匆匆趕回，「老爺，哦！姑丈，麗花姑姑生了沒？」

林祖佑無奈的說：「奇怪！怎麼還沒生？」

兩個大男人在廳堂裡團團轉，林祖佑慌忙中也未察覺胡川書的異狀。突然聽到「呱呱」的嬰兒哭聲，接著阿娥跑了出來，「恭喜老爺，恭喜老爺，二奶奶生了兒子！現在可以進去看看小孩。」

林祖佑和胡川書兩人急著走進房間，竟然撞在一塊。

胡川書這才想起小孩雖是自己的，但還得掩人耳目。胡川書扶了林祖佑一把，「對不起！姑丈，您先進去。」

林祖佑說：「不要緊！不要緊！祖宗保佑，我林祖佑已經有兩個兒子了，真是謝天謝地啊！」

林祖佑走進麗花房間，抱起嬰兒，非常高興。

阿娥說：「老爺，二少爺跟您長得真像！」

其他人也胡亂跟著附和：「還真像哩！」

只有麗花和胡川書一臉尷尬。

經過一會兒，林祖佑把小孩交還麗花，麗花對林祖佑說：「這胖小子真奇怪，右大腿內側有一塊黑胎記。」

林祖佑接著說：「哪裡奇怪？很多小孩都有胎記。」

麗花把小孩交給奶媽阿英，接著問林祖佑幫小孩取什麼名字？林祖佑想了想突然說：「就叫『胡……』」

麗花臉色慘白，林祖佑卻哈哈大笑，「他可是我林家的寶貝，怎能從母姓？」

麗花佯怒，「人家是講正經的，你卻愛亂開玩笑！」

林祖佑說：「名字早就想好了，他的哥哥叫林克文，他就叫林紹文，希望他們兩兄弟能『克紹箕裘』，光大我林家門楣。」

麗花說：「這名字取得真好，只是……」

林祖佑接著說：「只是什麼啊？」

麗花臉色由喜轉悲，且無緣無故又哭了起來，「只是你心中只有三房那長子，哪有我們母子？」

林祖佑說：「誰說的？哪有這回事。不管長子、次子都一樣，都是我林家的香火，將來都要繼承我林家的產業。好了，好了，生孩子是喜事，不要哭了，我不會虧待你們母子的。」

麗花嬌嗔的說：「老爺，你可不要騙我，千萬別忘了今天所說的話啊！」

林祖佑又輕撫她的臉，「麗花啊！趕快把眼淚擦掉，我林祖佑說話算話，絕不食言。」

林家的下人阿昌仔年輕力壯，只因父母早亡，親友將他賣到林家當傭僕。雖到適婚年齡卻無法娶妻生子，青春的慾念隨時在他身上隱隱作祟。他只能偶而利用外出機會，偷偷溜到福皮寮凹仔巷妓戶裡尋樂。他希望再努力十幾年，存些錢贖了身，娶一房媳婦回故鄉過日子。在林家的婢女中，他最喜歡阿桃，但阿桃卻不領情。他每次遇上阿桃，都恨不得從背後抱住她，這些情形，麗花都看在眼裡。

有一天，三奶奶秀珍帶著婢女阿月及阿順仔，遠至洛津天后宮還願。麗花見機不可失，連忙將阿桃叫進房裡，「阿桃啊！三房那裡的日子不好過吧？」

阿桃回說：「多謝二奶奶關心，只是早晚事情較多。」

麗花接著說：「我是明眼人，不用說，我也知道妳的日子難過啊！唉！今後妳只要看我的眼色行事，保證妳在林家有好日子過，以後也不必籌錢贖身，我還會給妳一筆錢，找個好人家過日子。」

阿桃聽完麗花的話，當場下跪淚流滿面，「謝謝二奶奶！謝謝二奶奶！您真是我的救命恩人、再生父母。」

麗花親手把阿桃扶了起來，並叫阿娥拿了十兩銀子及一套新衣給她，阿桃又再磕頭謝恩。

麗花緩緩把她扶到檀椅坐下，並握住她的雙手說：「今後妳我就是自己人了，為了趕走秀珍那賤人，往後有委屈妳的地方，還請妳多多包涵，我絕不會虧待妳的。」

阿桃趕緊自椅子上站了起來，又屈膝磕頭，「二奶奶，您的大恩大德，我無以回報，今後只要您說一聲，不要說是委屈，就算粉身碎骨，我也去做。」

麗花接著說：「好！很好！阿桃，我就知道妳是一個知恩圖報的人。只是秀珍那個賤人，也不想想自己奴婢出身，竟不知疼惜妳這個忠心耿耿的下人！」

接著又叫阿娥把珠寶盒拿來，先支開阿娥後，麗花馬上打開珠寶盒，「阿桃妹子，這些全是珍貴的珠寶首飾，妳揀喜歡的拿去。」

阿桃連連搖手，「二奶奶，您對我的恩情，今生今世都無法報答了。這些珠寶首飾太貴重了，我不敢要，請您收起來。」

「說哪裡話，我們現在都是自己人了，還那麼見外？」麗花馬上揀了一支鑲翡翠的黃金彩鳳簪遞給她，阿桃還是不敢收。

「阿桃妹子！妳再那麼見外，我可要生氣了。」

阿桃見實在無法推辭，只好無奈的收了起來。

「對嘛！這樣才是我的好妹妹，但千萬不能讓其他人知道。」

隔天，林祖佑談生意要親自去竹塹一趟，他帶了阿坤仔前往。而三奶奶秀珍前幾天已帶阿月及阿順仔至洛津天后宮還願祈福。家中只剩阿昌仔及福伯在家，胡川書又故意派福伯至大稻埕收帳，家中壯丁只剩阿昌仔一人。麗花一早就叫阿昌仔送一幅明朝字畫至春雨居，另一方面早將刻意打扮的阿桃送至春雨居等候。

阿昌仔獨自前往春雨居，才靠近大門就遇上阿旺。

「請進啊！阿昌兄，好久不見，是不是二奶奶叫你送字畫來？」

「是啊！是啊！阿旺，我不識字，拜託你看看是不是這幅字畫？」

阿旺小心翼翼在桌上展開字畫，一看果然是明代王桐為所書岳武穆《小重山》詞，並順口朗誦起來：「昨夜寒蛩不住鳴，驚回千里夢，已三更。起來獨自繞階行，夜悄悄，簾外月朧明。白首為功名，舊山松竹老，阻歸程。欲將心事付瑤琴，知音少，弦斷有誰聽？唉！『知音少，弦斷有誰聽？』人生境遇真是可遇不可求啊！不過你我今天難得聚在一起，何不喝上幾杯？」

阿昌仔說：「可是二奶奶在家裡等我回覆。」

阿旺接著說：「唉啊！你就回二奶奶說在春雨居幫我整理書畫，一切有我擔待，而且我這裡還有上回老爺招待貴賓留下的上等花雕哩！」

阿旺邊說邊將阿昌仔拉至宴客廳，又走到廚房端出幾樣小菜，兩個人便斟酒對飲起來。

阿昌仔說：「阿旺兄啊！承蒙你看得起我，先敬你一杯。」阿旺回說：「阿昌仔啊！你我同為下人，也算兄弟一場，不必客套，有心事就痛痛快快說出來。」

阿昌仔三杯黃湯下肚，便對阿旺說：「唉啊！不瞞你說，我喜歡三奶奶房裡的阿桃，可是她對我不理不睬。」

阿旺說：「女孩家當然害羞，就算喜歡你也要假裝生氣，說不定心裡正偷偷喜歡你。」

阿昌仔又說：「唉！不可能的，她雖是奴婢卻長得如花似玉，我這副長相配不上她。」

阿旺回說：「那可不一定，你在這裡等一下，我去拿一樣東西給你看。」

只見阿旺從房裡走出來，手上拿著一條粉紅色絹帕遞給阿昌仔。

阿昌仔急忙問：「這是誰家小姐的香巾？不要胡亂就送給我。」

阿旺笑說：「唉啊！還有誰？當然是你朝思暮想的心上人請我轉交的。」

阿昌仔接著說：「阿旺兄，你千萬不要開我玩笑！」

阿旺又說：「你不相信我的話，自己仔細看看香巾上的繡花，在我們林家除了阿桃以外，誰有這般巧手？」

阿昌仔小心翼翼攤開香巾，帕面繡著永浴愛河的鴛鴦戲水圖，左下角繡個紅「桃」字，一看就知道出自阿桃之手。

阿旺說：「這下子，你相信我這位月老了吧！」

阿昌仔喜出望外，「阿旺兄，請你可憐可憐我，務必成全好事。」

阿旺回說：「唉啊！你的心上人遠在天邊，近在眼前，早上二奶奶吩咐她在客房將床簾繡花哩！她聽說你今天要來，已痴痴等上幾個時辰。還不趕快進去客房找她，記得把門帶上，一切有我打點！」

阿昌仔愛由心中起，色向膽邊生，便獨自一個人逕往客房走。他穿過中庭迴廊及花園，來到僻靜的客房，只見房門虛掩。他輕輕敲了房門，接著聽到裡面傳出聲音，「進來吧！」

阿昌仔便躡手躡腳走了進去。

「把門閂上！」阿桃邊說，邊向阿昌仔媚笑。

「還站著，過來坐吧！」她坐在床沿向阿昌仔招手，阿昌仔按捺不住猴急的走了過去。

「阿桃，我真想死妳了！」阿昌仔先拉她的手摩挲，一見阿桃滿臉嬌羞更添情慾，又向前緊緊抱住她。

阿桃就順勢倒在床上，任由阿昌仔交纏愛撫，兩個人在春雨居早已溶成一體。

巫山雲雨後，阿桃邊穿衣服邊說：「阿昌仔，你我要做長久夫妻，還是露水鴛鴦？如果你是逢場作戲，走出房門，各走各的路，就當今天的事不曾發生。」

阿昌仔急忙說：「妳是我的人了，當然要做長久夫妻。」

阿桃又說：「既然如此，今後都要聽我安排。如要見面，我會請阿旺偷偷通知你，千萬不可魯莽行事，並切記不能讓林家任何人知道。」

阿昌仔回說：「一切聽從妳的安排就是。」

兩人又恣意調情了一會兒，才依依不捨離開客房。

阿昌仔自春雨居回來之後，便覺度日如年，天天苦候阿旺的消息，希望早日再和阿桃溫存快活。過了一個月，終於等到阿旺通知，他便匆匆趕抵春雨居。

阿昌仔一進春雨居，阿旺就緊閉大門，並帶他逕赴宴客大廳。

阿桃早已備妥一桌豐盛酒菜，三人坐定以後，阿旺首先開口：「阿昌兄，聽說你父母雙亡，親友也不眷顧。你我兄弟一場，小弟今日權充媒人。天地為證，這桌酒菜勉強算是你們新婚佳宴，咱們不醉不休。待會兒，你和阿桃喝完交杯酒後就算百年夫妻了！」

阿桃刻意打扮得嬌嬈誘人，又頻頻添菜勸酒。阿昌仔交杯酒才喝一半，就醉倒在餐桌上。

「阿昌兄，你喝醉了，我們扶你進洞房。」阿旺和阿桃兩人一左一右攙扶他到僻靜的客房。

「我沒醉！我沒喝醉！」

阿昌仔迷迷糊糊倒頭便睡，阿旺把他脫得一絲不掛，再蓋上大被，床上也昏睡一位肚兜全解的女子。

原來在阿昌仔去春雨居前，麗花叫阿月傳話給秀珍說：「老爺明日在春雨居宴客，請三奶奶前去商議。」

秀珍急忙趕到春雨居，並未見到林祖佑。

阿旺說：「三奶奶，老爺待會兒就來，他說有重要事情商量，並吩咐先叫阿月回去。」

秀珍並未察覺異狀，便叫阿月先行回去。

待阿月離開後，阿旺便端了一盞春茶給秀珍，「三奶奶，請用茶。」

秀珍端起便喝，「阿旺，老爺怎麼還……」

話未講完，突然感覺眼前一片空白，接著就被兩個人抬入僻靜的客房。

夕陽斜照著淡水河面，一群野雁掠過天際，春雨居在暮靄下更顯靜謐。

「碰、碰、碰！」突然一群人拍打春雨居的大門，阿旺匆匆趕來開門。門一開便見到林老爺、胡川書及麗花。

林老爺一見阿旺便問：「上個月我吩咐阿昌仔送來的王桐為字軸掛在哪裡？我今天特地來看看。」

阿旺假意看看麗花後，一臉驚慌的說：「在最裡面的客房，不過現在有些不方便！」

林祖佑非常生氣，「什麼不方便？馬上給我開門！」

麗花插嘴說：「阿旺，是不是有人仗勢欺你？大膽說出來，老爺給你做主，怕什麼？」

阿旺吞吞吐吐的說：「是、是三奶奶她……」

胡川書接著說：「你怎麼說不清楚？是不是她做了見不得人的事啊！不過現在不要打草驚蛇，我們慢慢走過去，再把姦夫淫婦活捉在床。」

胡川書的話才講完，林祖佑便怒氣沖沖穿過迴廊，走到最裡間客房，其他一干人也尾隨在後。

阿旺才開完鎖，林祖佑便單腳踹開房門，接著一群人衝進房間，只見床上躺著一對赤裸裸的男女。

林祖佑氣急敗壞，「妳們這對狗男女，還不快點給我滾出來！」

麗花趁勢火上加油，「真是敗壞門風啊！」

阿昌仔嚇得酒醒了一半，「老爺，是阿旺請我來的，不是我……」

林祖佑大聲叱喝，「狗奴才！不要再說了，阿旺、川書快把那隻畜牲給我綁起來。」

話才講完，阿旺及胡川書早把阿昌仔綁得結結實實，一推一拉拖出客房。

另一頭肚兜全解的秀珍也被驚醒，她滿臉羞愧，趕緊穿上衣服。

此時客房裡只剩林祖佑及麗花，秀珍低著頭說：「阿月說老爺明日在春雨居宴客，有要事找我商量，我就急忙趕來這裡。後來喝了阿旺倒的一杯茶，突然不省人事就倒在這裡了。」

麗花接著說：「噢！還真巧，哪裡不倒卻偏偏倒在男人的懷裡，故事編得真好！妳把我們家老爺當什麼啊？」

林祖佑轉頭嘆了一口氣，「唉！最近我們林家添了雙丁，正是雙喜臨門，沒想到妳竟敢做出這樣不要臉的事。看在孩子的份上，我也不處置妳，現在馬上給我滾出林家！」

秀珍跪了下來，「老爺，我是冤枉的！我真的是冤枉的！」

林祖佑頭也不回並怒叱：「不要再說了，馬上給我滾出去。」

「老爺，我是被人陷害的！」

麗花為了壯膽，馬上附和：「還不滾出去！」

秀珍眼見大勢已去，收起淚眼，失魂的走出客房。就在她跨出房門那一刻，突然回頭惡狠狠的瞪了麗花一眼，並厲聲說：「胡麗花是妳陷害我的，將來我做鬼也不會放過妳！」

麗花眼見林祖佑正在氣頭上，便故意說：「秀珍那賤人把林家的顏面丟光，那孩子也不知是不是林家的？現在趕她走，到底要不要給她一筆錢？」

林祖佑不聽便罷，一聽怒火中燒，「不准給她任何銀子！」

麗花聽完這句話就像領了聖旨，馬上變本加厲傳話給下人，除了身上的衣物外，不准秀珍帶走林家的一針一線。

秀珍哭哭啼啼回到林家大宅，正在房間收拾衣物細軟。

只見麗花及胡川書匆匆趕到，「來人啊！老爺有令，把那賤人的包袱留下，不准她帶走林家的任何東西。」

阿順仔看到這種情形，也不敢出面幫忙，只好偷偷的跑去告訴大奶奶。

秀珍被逐出生活近廿年的林家。當她踉蹌走出林家大門時，月色迷茫，真不知下一步該往何處去？她在北部舉目無親，至於南部阿猴城郊的娘家，在二奶奶麗花當家後就不准她往來，只聽說雙親往生，而唯一的妹妹秀琴從小賣給人家當養女，輾轉不知下落。更可恨的是麗花及胡川書竟然落井下石，聯手將她逐出林家又身無分文，想到這裡，不禁簌簌落淚。

她恍恍惚惚往前走了幾步，就在巷口的轉角處，突然有人在背後輕聲喚她：「三奶奶，三奶奶，請留步！」

秀珍回頭一看，竟是下人阿順仔。

「三奶奶，我知道妳是冤枉的，我跑去告訴大奶奶。大奶奶就去找老爺問個明白，可是老爺只聽二奶奶的，大奶奶也沒辦法，只好吩咐我趕緊追上妳。」

「這包袱裡有幾套衣服，還有廿兩銀子是大奶奶給妳的。妳也知道大奶奶沒當家很久了，手頭上沒有私房錢。」

秀珍收起淚眼，「阿順仔，你回去告訴大奶奶，她的恩情，我只有來生再報了。」

阿順仔接著說：「大奶奶要妳好好照顧自己，我們以後也無法幫你。現在林家是二奶奶當家，我一個下人不能出來太久。」

秀珍又流下眼淚，「你的難處我知道，趕緊回去吧！」

天邊翻出魚肚白的曙光，秀珍提著包袱，不知要往何處去？她沿著淡水河岸徘徊，坡堤上的風特別大，吹得芒草唰唰作響。她走上坡堤，頭髮被風吹亂，腦海裡一片空白。眼前突然出現阿猴城郊翠屏山下的一戶破陋農家，一個小女孩淚眼婆娑，依偎在母親懷裡。屋裡卻傳出陣陣咳嗽聲，母親走進房間，扶起臥病在床的老伴，一陣急遽咳嗽後就發現他咳血。接著一個不知哪裡來的管家和一個中年婦人，拿了一些銀兩給小女孩的母親。小女孩的母親便在一張賣身契上按捺指印，小女孩就哭啼啼跟著管家和中年婦人北上來到艋舺……

一陣風吹過，河水拍打岸邊，驚醒了她。除了遠方的漁船，方才看到的影像完全消失不見。她一步一步逕往河裡走，河水已慢慢升到她的腰圍，突然之間她整個身子躍進河裡。

幾天後，在觀音山邊的淡水河下游，漁民發現一具漂浮的女屍。漁民把女屍打撈上岸，人群慢慢聚集起來。

「唉！不知是誰家的娘子？」

「看這一身打扮應該是富貴人家？」

人群中突然有一個中年男子驚叫一聲，「唉啊！這不是艋舺首富林家的三奶奶嗎？」

旁人問他：「你怎麼知道？」

「我當然知道！我去年送新衣去過林老爺家。林家奶奶們的衣裳刺繡，很多出自我內人之手，這件粉紅絲綢上的牡丹富貴圖更是眼熟。」

眾人聽了議論紛紛。過了不久，淡水廳衙捕頭和幾個當差的帶了仵作前來。

仵作仔細驗了屍首，便回頭向捕頭說：「是生前落水溺斃，身上並無其他外傷，失足落水大約三天。」

捕頭又向旁人問：「是誰先發現屍首的？」

一位老翁走了過來，向捕頭躬身作揖說：「官爺，是我先發現的。」

「一大早，我想抓些魚給我孫子加菜。走到河邊正要撒網，就看到一具浮屍，我就趕緊叫人到廳衙報案。」

捕頭對老翁說：「請你跟我到廳衙備個案。」

捕頭又向商家借了木板拖車，幾個當差的七手八腳把屍首抬上板車，逕往廳衙方向去了。

淡水廳王同知一聽女屍是林家的三奶奶秀珍，此事非同小可，他趕緊派廳衙的李師爺前往林家通報認屍。因林家不僅是艋舺首富，林老爺又是彰化縣令楊桂森的至交。李師爺匆匆趕抵林家，並向林老爺稟報案情。

林老爺聽完後說：「唉！她已被林家逐出，不過到底夫妻一場。阿福，你陪李師爺前去認屍結案。記得火化後送到觀音山凌雲禪寺，並請師父好好替她作幾場超渡法會，銀子不足就去找川書。」

福伯難過的說：「老爺您放心！我會把三奶奶的後事辦妥。」

「好吧！快跟李師爺前去廳衙結案。」林祖佑無奈的說。

另一方面，被胡川書打得遍體鱗傷的阿昌仔也被逐出林家。他無處可去，跌跌撞撞爬進福皮寮的凹仔巷。

「玉嬌姨，開門！開開門！」阿昌仔用盡最後的力氣叩門。

這玉嬌姨是凹仔巷內杏花閣的老鴇，人稱「黑貓嬌」。年輕時是艋舺白玉樓酒家的紅牌，年老色衰就在杏花閣裡賣身，最後只好做個老鴇。她為人勢利，只認錢不認人。

半夜裡，黑貓嬌一聽就知道是阿昌仔的聲音。她早就聽說阿昌仔被逐出林家，料那落魄鬼身上再也擠不出一滴油水，心想不理他就是了。誰知阿昌仔不死心，跪在地上用手攢拳搥門，雖是有氣無力，但三更半夜聲音很快就傳至內室。黑貓嬌生怕吵醒杏花閣裡留宿的恩客，只好叫醒兩名護院前去處理。

黑貓嬌交代他們，「趕走就好，千萬別鬧出人命啊！」兩名護院睡夢正酣，卻被黑貓嬌喚醒，敢怒又不敢言，一肚子怨氣正好出在阿昌仔身上。兩個人拳打腳踢，眼看阿昌仔奄奄一息，就把他拖到福皮寮外一條巷底。

天朦朦亮，「大家快來，出人命了！出人命了！」豬肉販翹嘴仔在巷口大叫起來，一下子人群便聚集起來。

人群裡突然有人叫了一聲：「這不是艋舺林家的下人阿昌仔嗎？」

「聽說最近被趕出林家？」

天亮了，淡水廳衙的捕頭趕了過來，只見捕頭皺起眉頭，「唉啊！又是林家的人！」

仵作驗了屍首，捕頭不敢擅自做主，連忙回到廳衙報告。淡水廳同知聽聞阿昌仔被逐出林家後喪命，就以酒後與外鄉人口角，不慎失足致死，草草結案。

林老爺雖在氣頭上，但念在阿昌仔過去對林家的付出，交代阿福替他備了一口薄棺，就葬在荒涼的觀音山腳下。

自從三奶奶秀珍投河自盡，接著阿昌仔又慘遭蹂躪而死，林祖佑就愁眉不展。大夫孫仲景進出林家好幾回。

「老爺，抑鬱最易傷心，務必寬懷，慢慢調養。」孫大夫不斷勸慰林老爺。

「唉！家裡出了這種事，教我如何寬心？」

「林老爺，身子要緊千萬別想太多。先服了這幾帖藥，過幾天我再來看您！」

「阿福，送送孫大夫，回頭再去恆生藥行。」林祖佑說完，阿順仔攙扶他緩緩走進房間休息。

至於麗花，她的絆腳石秀珍已死，胡川書又掌握了林家產業，本應喜上眉梢。但最近她卻夜夜難眠，一闔眼就看見全身溼透的秀珍和鮮血淋漓的阿昌仔。她擔心夢囈後事端敗露，晚上不敢與林老爺同睡，又不敢一個人獨睡，只好叫阿娥陪她過夜。另外，又請道士至家中興壇作法，消災驅鬼，過了幾天，依舊心神不寧，於是叫阿娥、阿珠陪她去龍山寺燒香祈福。

因為天氣陰晴不定，龍山寺裡香客不多。

「二奶奶，平安吉祥！」廟公一見林家二奶奶趕緊向前問候。

「阿珠，拿五兩銀子給廟裡添個香油。」

廟公連忙道謝，「多謝二奶奶的善心！」

「我只燒個香，你去忙你的，不必招呼我。」

「二奶奶，我先去處理一些廟務，有事的話，叫我一聲馬上來！」

「好了，你去忙吧！」

麗花在大雄寶殿上香膜拜後，隨手在籤筒裡抽了一籤，籤支書示第廿三首。她持籤支至大殿神佛前擲筊，一擲便是聖筊。她先叫阿娥、阿珠在廟廡下等候。自己走到斗櫃抽出第廿三首籤詩：「花開花謝在春風，貴賤窮通百歲中，羨子榮華今已矣，到頭萬事總成空。」

她看完後臉色鐵青，隨手將籤詩塞回斗櫃。嘴裡還念叨：「上個月，街角相命的李鐵口也說我的兒子將來不姓林，唉！這些江湖術士的話哪裡能信？就像廟裡的籤詩再抽上幾支，每首寫的完全不同，何必信它？」

但她忐忑不安，無心禮佛，走到廟廡，急喚阿娥、阿珠收拾果品，早早回府。

麗花燒香回來後心煩意亂，到了陰曆七月十五盂蘭盆會，她就急忙延僧放燄口。

林家最清楚麗花與胡川書姦情的，就屬丫鬟阿桃。自從三奶奶秀珍與阿昌仔相繼慘死，阿桃已無利用價值，胡川書便處心積慮要趕走她。

胡川書對麗花說：「我們得儘早想個法子把阿桃趕走，以免夜長夢多啊！」

麗花接著說：「丫鬟裡就屬阿桃最具姿色，秀珍死了，萬一林祖佑那老頭子又看上她，我們又要白忙一場。」

胡川書說：「要趕走她總得找個藉口，不知從何下手？」

麗花笑一笑，「還虧你是個秀才哩！這個我早就想好了。你回頭好好睡一覺，明天就等著看好戲！」

第二天一早，麗花就對林祖佑說：「老爺，我們林家最近出了好多事情，全是因為您對下人過於寬厚，像阿昌仔就是一個活生生的例子。我們應該好好整頓下人，以免他們目中無人。您上回從唐山帶回的黃金彩鳳簪，我小心收藏在珠寶盒裡，最近也不翼而飛。這些下人的膽子真是越來越大，連貴重的東西也敢偷了。」

林祖佑說：「真有此事？妳可不能胡說。」

麗花嬌嗔，「老爺，你看你只相信別人的話，就不相信我的話！只要叫川書及阿福，到每個下人房間仔細搜查，一定能找出來。」

林祖佑接著說：「髮簪不見就算了，下回去唐山再買就是。最近家中事多，拜託妳不要再生是非了。」

麗花見狀就假哭起來，「老爺啊！我這樣做還不是為我們林家好，否則將來那些下人賣主求榮，什麼事做不出來！」

一聽到麗花的哭聲，林祖佑心煩意亂，隨口答應：「妳要搜就搜，千萬不要冤枉下人。」

麗花聽了，馬上破涕為笑，「我叫川書及阿福一起搜，絕不會冤枉任何人。」

麗花一聲令下，林家所有下人急忙到大廳集合。

阿福也匆匆趕來，「二奶奶，到底發生了什麼事？」

麗花回說：「阿福啊！只是請你幫忙找找東西。」

阿福及胡川書二人先搜阿娥、阿珠的房間，當然搜不到東西。接著又搜阿順仔的房間，也找不到東西。

阿福回頭看看麗花，「二奶奶，我看還是別搜了，到底掉了什麼貴重的東西？」麗花說：「阿福啊！就是上回老爺從唐山帶回來鑲翡翠的黃金彩鳳簪，好吧！聽你的，搜完阿桃房間就不搜了。」

話說阿桃替麗花趕走三奶奶後，便自覺身價和其他下人不同。麗花為卸下她的心防，便順勢讓她搬到客房獨居，與其他下人偏廂男女分住。胡川書這回故意讓阿福先進阿桃的房間，麗花尾隨在後。不知情的阿福一拉開阿桃梳妝臺的抽屜，胡川書馬上靠了上來，大叫一聲：「這回可抓住賊了！就是這一支。」

胡川書拿起黃金彩鳳簪，一群人急忙趕回大廳。胡川書大聲斥喝：「阿桃！還不給我跪下？」

阿桃遲疑了一下，也不知發生什麼事，只見胡川書手持黃金彩鳳簪，怒叱：「阿桃，妳好大的膽子，竟敢偷二奶奶這麼貴重的東西？」

阿桃只好跪在地上，哭哭啼啼，「簪子是二奶奶送我的！」

只見麗花啐她口水，「呸！賤婢，我跟妳非親非故，為何要送妳這麼貴重的東西？偷了東西還死不認罪，我看還是送官府法辦。」

阿桃一聽送官府，雙腳一軟，磕頭認罪。

胡川書接著說：「念妳過去服侍老奶奶及大奶奶，我去向老爺求情看看。」

阿桃轉向胡川書磕頭痛哭，「胡總管，求求你救救我，救救我！」

不久，林祖佑也走進大廳，「真是家門不幸，怎麼接二連三發生這種事情？阿桃！林家並未虧待妳，為何恩將仇報？唉！還是送官府吧！」

「老爺，求求你饒了我！胡總管，求求你救救我！」

胡川書看看阿桃，接著說：「老爺，阿桃一時糊塗做錯事情，念她在林家多年並服侍過老奶奶，把她攆出去就是了。家醜不宜外揚，官府就不要送了。」

其實林祖佑在三奶奶秀珍死後，早就覬覦阿桃的美色，希望秀珍對年後把她納為偏房，現要將人趕走，雖心中不捨，眼下卻無計可施，「好吧！就把她攆出去。」

阿桃被逐出林家後，飢寒交迫又無臉投親，為了生活竟淪落到凹仔巷內「杏花閣」妓院賣身。

麗花攆走阿桃後仍放心不下，又把身邊的丫鬟阿娥也趕出林家。在林家服侍她的丫鬟只賸阿珠，生活起居諸多不便，她很快託人買到一位手腳伶俐的丫鬟阿葉。

阿葉自稱本名叫「黃淑葉」，年方十九。老家在諸羅山鄉下，自小賣給淡水廳李姓人家當養女，改名「李淑葉」。因她右手帶斷掌紋，養母認為是不祥的兆頭，就把她賣給林家當丫鬟。阿葉做事勤快又善於察言觀色，很快就得到麗花的賞識。麗花把房裡重要的事都交代她去做。

阿葉當時被人帶進林家，麗花初次見到她，總覺眼熟卻又說不上到底像誰？阿葉平日都在麗花的房裡逗二少爺玩，只有麗花不在家時，她就會偷偷走到三奶奶的房間看大少爺，連阿珠都覺得阿葉特別喜愛三奶奶的小孩。麗花交代奶媽阿英餵奶，要先餵紹文二少爺，再過去餵克文大少爺。但在林祖佑面前卻虛與委蛇，每次買兒子衣服時，就買相同一套衣服給秀珍的小孩，因此當兩個小兄弟玩在一塊時，常常無法分辨。

有一回林祖佑出遠門，麗花就走進秀珍的房間，並刻意支開阿月和新來的阿綿。

「小孽種，恨不得掐死你！」麗花邊說邊用手擰小孩的腿。

「哇哇……」阿月和阿綿隱約聽到小孩哭聲，卻不敢靠近房間一步。尤其是阿月從小服侍三奶奶，現在三奶奶死了，她卻無法保護她的孩子。遇上此事只能偷偷哭泣，還不能讓二奶奶聽到。

但這件事情很快傳到阿葉的耳裡，阿葉喜歡秀珍的小孩，卻又不敢得罪麗花，只好有意無意向福伯說：「大少爺的大腿有幾塊烏青，不知道是不是自己不小心跌倒的？」

福伯是個老實人，一聽大少爺有事，便趕緊跑到秀珍的房裡探視。

「阿月、阿綿啊！三奶奶死了，可憐只留大少爺一人，妳們可要好好照顧他，否則就對不起三奶奶在天之靈了。妳們看看，這大腿上有好幾塊烏青哩！」

阿月及阿綿一聽到福伯開口，馬上就跪了下來，「不是我們！不是我們！」

「那妳們告訴我，到底發生什麼事？」

兩人被問急了，竟然低下頭哭了起來，「不知道？我們真的不知道。」

後來福伯的心裡一想，大概知道發生何事，「算了，妳們都起來吧！好好照顧大少爺。下回有事就趕緊通知我。」

麗花雖然討厭秀珍的小孩，甚至想害死他，但也得顧忌林祖佑。自從那件事情後，林家也過了一段平靜日子。

麗花偶而會叫阿珠把大少爺抱到她房間玩，「妳們看看！這兩兄弟長得真像，又穿一樣的衣服，還真認不出來哩！」

只要看到林祖佑的身影，麗花就假意親近秀珍的孩子，林祖佑聽在耳裡，竟以為麗花心疼秀珍的小孩。

但阿葉很清楚她的手段，而且自下人的口中，她漸漸明白林家二少爺就是麗花與胡川書的私生子。有一天林老爺外地訪友，阿葉在半夜裡撞見他們苟合姦情，自此以後她對麗花及胡川書就格外小心。

很快又到陰曆八月十五中秋節，林家經過一番波折，林祖佑原本指望全家一起團圓過節，但幾天前大奶奶帶福伯及阿順仔至洛津天后宮還願，順道至縣令楊桂森府上拜訪，楊縣令夫人無論如何要大奶奶一起過完中秋再回艋舺。

林祖佑及麗花在庭院中品茗賞月，月亮在樹梢緩緩升起，偶而幾片烏雲飄過，但中秋月圓明亮依舊。

林祖佑吩咐阿坤提來三個錦盒月餅，「阿坤，這二盒月餅你們拿去吃。對了！阿葉、阿珠她們還在房裡照顧大少爺、二少爺，送點月餅過去，中秋佳節，大家都吃點月餅吧！」

這幾天麗花常叫阿葉把二少爺抱去秀珍的房裡，同大少爺玩耍，阿葉與二少爺晚上就在秀珍的房裡睡，而阿珠、阿綿則回到偏廂去睡。胡川書最近忙着搬弄商行帳目，晚上就睡在商行客房，很少回去林家大宅，麗花無法與他苟且，夜不成寐。胡川書現在手頭闊綽，對麗花也漸起嫌膩，經常瞞著她偷偷溜到白玉樓酒家，找頭牌李彩蝶纏綿快活。

中秋節是個團圓的日子，麗花心癢，又把胡川書找回林家大宅。胡川書當然明白麗花心意，想到半夜將與她偷情幽會，晚上先藉口身體不適，早早回房歇息。麗花只能看著林祖佑這個胖老頭賞月。

秋意漸濃，夜涼如水，林祖佑的年紀稍大，賞個月也打起盹，麗花只好喚阿坤、阿添扶他回房睡覺。麗花自己惦著胡川書也無心賞月，阿葉連忙到庭院，服侍她回房歇息。

賞月後，林家主僕疲憊沉睡，夜蟲呢噥，只有阿葉躺在床上暗泣難眠。這是她來林家的第一個中秋夜。

「既然林家無情，也不能怪我無義，無論如何今晚一定要下手！」她的腦海又浮現觀音山下淡水河邊的女屍。她連姐姐秀珍的最後一面也沒見到，只輾轉數個月後，在觀音山的凌雲禪寺長生殿內見到寫著「黃氏秀珍」的牌位。她看到牌位，又打聽到姐姐是被逐出林家，投河自盡的，她對林家就更加痛恨。今晚大奶奶和福伯、阿順仔住在洛津縣令楊桂森府上，而胡川書也溜進二奶奶的房裡偷情，實在是下手的最好機會。

阿葉前幾天已將乾柴煤油布置妥當，她躡手躡腳走到柴房，偷偷搬了稻草及柴枝放到麗花的廂房牆外。阿葉雙眼充血，一心只想報仇，很快就在廂房牆外放了火，自己拿起包袱，逃進花園躲藏。

林家大宅半夜起風，火勢一發不可收拾，火舌沿著牆壁吹進屋裡，連家具也燒了起來，濃煙從窗口竄出。阿葉躲在花園看到此景，眼角露出詭異神情。

但沒多久阿葉就發出一聲慘叫：「孩子！孩子！」

起初她想先點著小火，再趁亂繞到秀珍的房間抱出孩子，可是火勢來得又急又猛。她發了瘋似的衝進屋裡，撞進秀珍的房間，急亂中抱起一個孩子往外就跑。經過迴廊時，一根著火的門柱自眼前倒塌，她側身幸運閃過，穿過花園，終於逃到外牆的側門，她用力推開側門，頭也不回，逕往小路奔逃。

阿葉逃了二個時辰，終於看到一座破舊的山神廟。她走進廟裡便癱軟在地，漸漸感到臉面灼傷的刺痛，也在此刻她才清楚聽到孩子的啼哭，山神廟附近沒有人家，孩子的哭聲在荒郊野外更顯淒切。還好逃出林家時，包袱已備妥水筒、乾糧及米麩。她先點亮神案上的殘燭，再慢慢解下背後的孩子。

在熒熒燭光下，看了那孩子一眼，她不太敢相信自己的眼睛，又再仔細看看那孩子。最後終於按捺不住，拉開孩子的右大腿內側，竟然是一大塊黑色胎記。

她驚悸號哭，「天啊！這一切都是報應嗎？我竟然親手燒死姐姐的小孩，卻留下仇人的孩子。」

她抱起孩子往廟外走，走了幾步就看到廟旁有一座懸崖。原來山神廟沿著山勢建造，在月光下仍看不清懸崖到底有多深，她心頭一狠，抱起孩子走近崖邊。

此刻孩子突然嚇得哇哇大哭，讓失魂的阿葉如夢初醒。她想孩子的父母雖是仇人，但孩子總是無辜，一場惡火已經燒死林家好幾口人，難道又要加害一人？

她抱起孩子，疲憊的走回山神廟，先用米麩加水餵了孩子，自己也吃了些乾糧。吃飽後便鑽進神案下，順手把孩子放在腋下，並替他蓋上一件大衣。阿葉折騰了一夜，累得倒頭便睡著了。

林家一場大火燒得神不知，鬼不覺，但天一亮，阿葉仍擔心被官府的人追上，她往葛瑪蘭方向的山路走。沿途山道崎嶇垂藤如蛇，她連續走了幾天，終於走到一處山坳，山坳裡有幾戶打獵人家。她悄悄的走近住家，連日的跋涉，她一走到住家門前就昏倒了。背上的孩子受到驚嚇哇哇大哭，獵戶人家的婦女紛紛跑到門前救人，有的幫忙喚醒阿葉，有的安撫小孩，她們就把這一對母子安頓在附近一間閒置的石砌屋子。

阿葉就是三奶奶秀珍的妹妹，後來她把「李淑葉」改回本名「黃秀琴」，又把劫後餘生的孩子「林紹文」改名換姓叫「黃慶生」，並以母子相稱。二人改了姓名，就在山坳裡生活下來。

山中的日子過得很快，慶生一轉眼已長大成人，他娶了附近獵戶人家女兒阿鸞。慶生結婚生子後，原來的石砌屋子住不下，又在附近蓋了房子。他的阿母秀琴不願搬去同住，一個人住在破陋的石砌屋子。

每逢陰曆十五，石砌屋子總在半夜傳出老婦夢囈：「孩子燒死了！孩子燒死了！」

後來慶生見阿母體弱多病，只好請妻子阿鸞及兒子阿祥勸她搬來同住。秀琴拗不過孫子阿祥，終於搬離石砌屋子，到附近與慶生同住。慶生只知阿母每逢十五茹素，但不知阿母為何半夜常做惡夢，而且喊著：「孩子燒死了！孩子燒死了！」尤其遇上陰曆十五月圓之夜更加嚴重。

過了一段日子，秀琴的病情依舊。有一天，慶生忍不住把半夜夢囈的情形告訴她，秀琴聽完後泣不成聲。

等她心情平復後，才緩緩說出：「仇恨帶來的痛苦跟了我一輩子啊！還好良心未泯留下了你！」

她將當年在觀音山的凌雲禪寺，如何發現姐姐秀珍的長生牌位、中秋夜如何懷恨縱火及抱錯孩子逃命的情形，一五一十告訴慶生。

「慶生啊！我來日不長，今天許多事情要當面向你說清楚。這裡有一條富貴萬年金鎖片，是我逃出林家時，在你身上發現的，現在當面交給你小心收著，也許有一天會用上它。你的本名叫『林紹文』，是林家二少爺。你的哥哥叫『林克文』，父親是艋舺首富林祖佑，母親是林家二奶奶胡麗花，你的大娘叫施翠蓮。聽說你的生父是管家胡川書，可惜當年我在林家的時間不長，當然無法詳細求證。那年的一場惡火燒得人事全非，再也不知道這些人的下落了，如果你恨我，要趕我出去，我也不會怪你！」

慶生聽完後，抱著秀琴痛哭一場。秀琴自從說完當年罪愆，半夜竟不再做惡夢，但身體卻一天不如一天，經過半年就去世了。

慶生把秀琴大體火化，並決定把她的骨灰安厝在淡水觀音山凌雲禪寺，希望她身後能與姐姐秀珍長年相伴。慶生把妻子阿鸞與兒子阿祥託付鄰居照料，自己負上骨灰罈，便隻身前往淡水觀音山的凌雲禪寺。

慶生起早貪晚，十幾天後便到達觀音山的凌雲禪寺，因人生地疏一直都是還小心翼翼。

當他走進側廂的長生殿，正在尋找「黃氏秀珍」的牌位時，忽然一對主僕走進側廂。主人是滿臉慈祥的老婦人，僕人則是白髮皤皤的男子。僕人把鮮花素果放在案上，並至一旁點香。

婦人啟口：「阿福啊！總算佛祖保佑，讓我們可以找到秀珍的長生牌位。是我們林家虧欠了她，當年老爺聽信讒言，害她投河自盡，一切因果歷歷在目。我們林家要多積善因，下個月商行再施米濟貧吧！」

僕人接著說：「大奶奶！當年一場惡火燒光了大宅，還好留下春雨居及商行，讓我們倖存的人有安身立命的地方。只可惜克文、紹文二位少爺葬身火窟，斷了林家香火。」

婦人又說：「正因如此，我們林家更應惜福行善啊！」

慶生仔細聽完他們的對話，他想婦人或許是他的大娘施翠蓮，而身旁的僕人可能是老管家福伯。他趨前作揖並開口：「打擾了！請問這位奶奶是淡水林記商行的主人嗎？」

婦人回說：「我是，請問您是？」

慶生自腰束拿出富貴萬年金鎖片交給婦人，婦人翻到鎖片背面，果然有艋舺金足成銀樓的印記。因為當年克文、紹文二位少爺出生彌月的金鎖片，都是大娘施翠蓮親自到金足成銀樓專造的。

婦人恍如隔世，望著慶生：「請問這位少爺，你的金鎖片是從何而來？」

慶生回說：「這金鎖片是我從小就戴在身上的，我的右大腿內側還有一塊黑色胎記。」

婦人一聽喜出望外，「真是佛祖保佑，你是紹文！是紹文沒錯！我一看你的眼神就知道，沒想到你還活了下來。」

「大娘，我是紹文！」

兩人相抱，哭了一回，一旁的福伯也是淚如雨下。

慶生把秀珍的妹妹秀琴縱火復仇，誤抱孩子的事，向大娘詳細說了一遍。

大娘聽完，又不禁簌簌落淚，「真是世事無常，因果報應啊！還好林家總算留下一絲血脈。」

接著慶生把秀琴的骨灰罈安厝在禪寺後方，又請師父把秀琴的長生牌位放在姐姐秀珍的牌位旁，讓她們姐妹終生相伴，總算了卻一樁心事。

諸事圓滿後，大娘及福伯希望慶生一塊回去林記商行。

福伯對慶生開口：「大奶奶和我年事已高，商行雖然有阿順仔的兒子阿傳幫忙，但商行需要二少爺您來接手經營。」

慶生想了想便說：「我過慣山裡採藥、打獵的自在日子，不想到城裡過商賈生活，也不想再看到父兄葬身火窟的傷心地。」

福伯又說：「可是，二少爺……」

大娘接著說：「經過這麼多災難，凡事也無法強求，一切就隨緣吧！既然你無心營商，商行就暫由福伯及阿傳經營。慶生，不管你是否改名換姓，你原是林家子孫，商行多年盈餘一部分仍應歸你。希望你明年帶妻兒前來相聚，我開萬通錢莊的銀票作為盈餘補償。至於林家大宅早已改建為毘盧寺，側殿安置你的雙親及家人的長生牌位。佛祖慈悲，而師父早晚誦經超渡，當年枉死之人應無冤魂了。」

三人又相約明年今日在凌雲禪寺再聚，下午就在寺外灑淚相別。

慶生不願再改名換姓，又默默回到山坳過著採藥打獵的日子。

淪落到凹仔巷「杏花閣」妓院賣身的阿桃，始終沒有忘記林家當年是如何凌辱她。阿桃在煙花巷從妓女變身為老鴇，憑著美色及交際手腕攢了不少銀子，後來又買下「杏花閣」妓院。幾年前，她又遇上今生貴人，艋舺萬通錢莊的掌櫃宋萬里。

宋掌櫃為人風流俠義，喜歡結交五湖四海的朋友。因生意關係常至白玉樓酒家應酬，因此與白玉樓的蔡老闆熟識。

蔡長傅祖籍漳州，年輕時憑藉靈活手腕，竟能在泉州人的地盤艋舺開酒家。如今年事漸高又後繼無人，早就想把酒家賣出，回鄉養老。

阿桃與蔡長傅也算是風塵舊識，蔡老闆知道阿桃有經營酒家的本事，無奈資金不足，無法買下白玉樓。

蔡長傅酒過三巡後開口：「宋掌櫃，不瞞您說，這白玉樓在北部也算風華第一樓。但我年事已高，又不願此樓風光沒落。如有能人接手，我就回鄉養老，此生無憾了。」

宋掌櫃接著說：「蔡老闆，不必憂心，眼下就有最合適的人選。阿桃啊！敬蔡老闆一杯。」

阿桃嬌嗔：「宋掌櫃，您太抬舉我了，這白玉樓金碧輝煌，我的銀子只能買張桌子。」

蔡老闆順水推舟接著說：「我相信阿桃的能力，只不過這件事還需要宋掌櫃鼎力相助。」

宋萬里聽後哈哈大笑。

阿桃說：「宋掌櫃，您到底在笑什麼？」

只見宋萬里忍俊不禁，「既然你們郎有情，妹有意，我就送你們進洞房。」

蔡老闆聽了，非常開心說：「宋掌櫃，謝謝您成全，總算了卻我一樁心事。」

只見阿桃不喜反愁，「宋掌櫃，就算我全身的家當算進去，也無法買下白玉樓一磚一瓦。」

宋萬里接著說：「阿桃啊！辦法是人想出來的。妳把杏花閣抵押給萬通錢莊，手頭的金銀珠寶，我也高價收購，不足數再分期貸款。」

蔡老闆也說：「我年事已高又無子嗣，妳有意接手白玉樓，價格上一切好談！至於銀兩，我先拿十分之一，其餘的放在萬通錢莊生息。」

宋萬里最後說：「本月初八是吉日，宜立券交易，屆時你們雙方光臨敝莊簽約買賣，手續完成後就一切圓滿了。」

在宋萬里協助下，阿桃終於買下白玉樓酒家。她也不負蔡老闆期望，將白玉樓酒家經營得有聲有色。但酒家原頭牌李彩蝶年老色衰，捧場的客人越來越少，阿桃只好將她送到凹仔巷「杏花閣」妓戶賣淫。

「媽媽，過去我替白玉樓攢了不少銀子，妳們就把我捧上天，現在不過年紀大了一些，妳們就把我一腳踢開，完全不顧昔日情義！」李彩蝶邊說邊哭。

「唉！彩蝶兒，不是我無情。我們開門做生意，男人就圖女人的青春。如果妳有好的歸宿，我一定成全妳。算了吧！我自己也是過來人，日子還是要過，一切只有看開點！」

李彩蝶年輕時掛白玉樓頭牌，政商名流或世家公子爭相寵溺，每天過著「鈿頭雲篦擊節碎，血色羅裙翻酒汙」的放浪日子。但她多年來嗜賭如命，手頭又無積蓄，才會落得今日下場。她知道離開花街柳巷將無以維生，只好無奈接受阿桃的安排。

送走李彩蝶後，阿桃在唐山物色到一位國色天香的女子柳依依。柳依依原是大家閨秀，父祖翰林世代官宦。後來因朝廷殿試弊案，株連甚廣，父親逃過死刑卻遭革職流放邊疆。柳依依頓失倚靠，雖頗曉詩書仍難以謀生，還好彈得一手琵琶，最後淪落風月酒樓中。阿桃多次拜託宋萬里出面，終於用高價買回柳依依。

柳依依自唐山初到白玉樓酒家，造成一時轟動，政商名流、紈褲子弟趨之若鶩。而阿桃久處煙花，善解男人「越得不到的越珍貴」心理，因此柳依依雖掛頭牌卻不見客。如要一睹芳顏，先要透過阿桃安排，經柳依依首肯，再至白玉樓菊花廳內等候。

柳依依見客方式分文場與武場。一般政商名流要見她，經阿桃安排至菊花廳，由她出上聯，再由客人對下聯，如當場對上則安排至牡丹廳見客；如無法當場對出，則需於三日內回覆下聯，再另行安排見客，以上稱為文場。但知名的江湖人士如宋萬里一輩，則不拘俗套，只要柳依依首肯，阿桃就安排至牡丹廳見客猜枚行令，唱曲鬧酒，以上稱武場。

柳依依人如其名，宛若楊柳依水，楚楚可憐。自從她掛牌後，白玉樓酒家車水馬龍，夜夜笙歌，連退隱歸鄉的蔡長傳也不得不佩服阿桃的眼光。

艋舺林家自從多年前慘遭祝融之禍，林記商行就由阿福及阿順仔協助管理。但阿福年事已高，而阿順仔的兒子阿傳從小聰明伶俐，長大後又善經商營利之事，大娘施翠蓮就將林記商行交由阿傳管理。

林記商行在阿傳接手經營後生意興隆，但阿傳耽戀女色，尤其聽說柳依依清新脫俗，似出水芙蓉，更讓他躍躍欲試。

有一天阿傳瞞著大娘施翠蓮，偷偷溜到白玉樓酒家。

「喲！原來是林記商行的少掌櫃，今天是什麼風把你吹來啊？」阿桃一眼便認出是阿傳，心想對林家報仇雪恨的機會終於來了。

「桃姐，不瞞您說，我是慕依依之名前來，些許銀子不成敬意，還請妳成全美事。」

「哦！這我可做不了主，還是要問問依依的意思。」

「桃姐，麻煩妳先通報一下。」

「少掌櫃，喝盞茶，我這就去通報。」

過了一會兒，只見阿桃笑嘻嘻的走了出來，「恭喜少掌櫃，請到菊花廳稍候。」

阿傳在菊花廳內坐立不安。不久，只見一位丫鬟拿了筆硯及一卷字軸前來，「小姐吩咐，請客人對對子。」

阿桃忙將字軸展開，只見上聯寫著：「水仙子持碧玉簫，風前吹出聲聲慢。」

阿傳雖在私塾讀過幾年書，但不到吟詩作對的程度，也只能望文興嘆。

「少掌櫃，失禮了，您先回去想想對子，明日再來。」

阿傳只能失望的離開。阿傳離開白玉樓酒家後，對柳依依仍朝思暮想，對對子只剩兩天期限，阿傳無計可施，只好花銀子找私塾裡教書的秀才趙天任。

趙天任看看上聯就說：「這副對子含兩個詞牌名可不好對，需付我十兩銀子。」

阿傳說：「十兩就十兩，麻煩你快點！」

趙天任接著說：「請給我一盞茶時間。」

「不管一盞茶、兩盞茶，麻煩你快一點就好！」

趙天任在私塾裡踱來踱去，最後看看自己的鞋子，突然說：「有了！」

阿傳嚇了一跳，「到底有什麼？」

趙天任笑吟吟說：「有下聯了，下聯是：虞美人穿紅繡鞋，月下行來步步嬌。」

阿傳露出笑容說：「啊！對得真好，這裡有十兩銀子，你先拿去。」

阿傳話才講完，就匆匆忙忙趕到白玉樓酒家。

「喲！少掌櫃恭喜你，想必對出下聯了。」阿桃笑盈盈的說。

阿傳忙回：「桃姐，下聯在此，勞煩通報。」

阿桃看到阿傳心急如焚，卻故意說：「啊！真是不巧，今日依依有貴客。晚點我拿對子進去，改天再通知你。」

阿傳立刻拿銀子塞給阿桃，「桃姐，勞煩妳先幫我通報。」

阿桃面露難色，「依依今日有客人，恐怕……」

話未講完，阿傳又拿出銀子塞給阿桃，「姐姐救救我，今日務必成全小弟。」

阿桃見阿傳這條大魚已經上鉤，馬上改口：「唉！少掌櫃真是世間難尋的有情人！連我都感動不已。好吧！我就硬著頭皮先替你通報，接下來就看你自己的造化了。」

她立刻叫丫鬟拿字軸進去。

不久，丫鬟走了出來，小姐說：「下聯對得很好，請媽媽再安排見面。」

阿桃接著說：「依依現在還有客人，少掌櫃是否明日再來？」

阿傳又急著掏銀子，「桃姐，今日務必安排見面，如銀子不足，我再回商行去拿。」

阿桃一邊收銀子，一邊笑說：「少掌櫃真是多情種，先在此喝盞茶，我去說說看。」

不久，阿桃眉開眼笑的走了出來，「恭喜少掌櫃，賀喜少掌櫃，請移駕至牡丹廳，依依已備妥酒菜相候。」

阿傳喜出望外，很快就走進牡丹廳，依依見阿傳走了進來，便柔聲說：「公子請坐。」

阿傳一聽她的鶯聲軟語，頓感酥麻，再看到眼前如花似玉的美人，整個人如痴如醉，竟忘了入座。

依依見狀微哂，「公子請上座。」

阿傳聽到笑聲，才驚覺痴立已久，「哦！我坐哪裡？」

依依羞怯地說：「公子，請坐在我身邊。」

阿傳才坐定就聞到淡淡的脂粉清香，再看她含情脈脈的雙眼更加惹人憐愛。

依依輕舉酒杯，「公子，您的下聯對得極妙，我先敬你一杯。」

阿傳目不轉睛望著她的玉手，自己舉起酒杯卻忘了喝酒。

依依忍不住噗哧笑了出來。

依依喝完酒後就說：「公子，您的酒就快灑出來了。」

阿傳回神，「哦！我喝，我喝。」

依依又夾菜又勸酒，美女在側讓阿傳樂不思蜀，只恨醇酒佳人，時光飛逝。眼見天色將暗，依白玉樓酒家行規，頭牌對生客一律不予留宿，且晚上依依與廳衙官員有約。

「依依小姐，下回是否有幸聽妳唱曲？」

「公子，如不嫌棄，依依願為您彈奏一曲……」

話未說完，只見阿桃笑嘻嘻走了進來，「少掌櫃，不好意思！依依晚上貴客有約，下回再來，下回再來！」

阿傳戀戀不捨的離開牡丹廳，他走到門口又頻頻回首，看到凝眸淺笑的依依向他揮手，一雙腿變得十分沉重，好不容易才離開白玉樓酒家。

阿傳人回到林記商行，心卻留在白玉樓酒家。連阿順仔也覺得兒子最近言行舉止有些怪異，只是問不出原因。

過了半個月，阿傳騙福伯要去大稻埕談生意，卻又偷偷溜到白玉樓酒家。這回阿傳索性拿銀子向桃姐討對子，拿了對子就直接去找秀才趙天任，有了下聯立刻付銀子，又匆匆趕回白玉樓酒家。

「桃姐，勞煩妳先幫我通報。」阿桃故意埋怨說：「唉！依依下午有貴客，你這不是為難我嗎？」

話才講完，阿傳又急忙塞銀子給她。

阿桃拿了銀子，接著說：「我們開門做生意也有個先來後到，千萬不能得罪客人啊！」

阿傳聞言連忙賠罪，「桃姐，難為妳了，我在此處等候依依！」

阿桃說：「既然如此，我叫丫鬟備下酒菜，少掌櫃就在此處靜候佳音。」

阿傳一人在蓮花廳裡，無心飲酒，後來竟迷迷糊糊睡著了。當他醒來，天近黃昏。

只見阿桃旖旎的走入蓮花廳，「恭喜少掌櫃，依依為了你，晚上特別辭退一位貴客，請移駕至牡丹廳。」

阿傳急忙走進牡丹廳，依依早已備妥酒菜。

「公子，讓您久候了！請先上座，我先乾為敬。」

阿傳見她斟酒，馬上端起酒杯一飲而盡後說：「人生幾何？對酒當歌。依依小姐能否為我彈奏一曲？」

依依信手取了琵琶，先轉軸再撥弦試聲，「公子，如不嫌棄！我就獻醜了。」

只聽到琵琶嘈切，依依朱唇微啟：「誰道閒情拋棄久？每到春來，惆悵還依舊……獨立小橋，平林新月人歸後。」

阿傳見她美若天仙，加上琵琶錚然，彷彿置身仙境，沒想到歌聲更是婉轉動人。

不久依依唱畢，琵琶聲戛然而止，牡丹廳內餘音嫋嫋。

阿傳陶醉片刻，接著鼓掌叫好並說：「此曲只應天上有，人間那得幾回聞？」

阿傳舉起酒杯，「依依小姐唱得真好，真好！我敬妳一杯。」

兩人在牡丹廳內盡情對飲。阿傳微醺，此刻見到依依兩頰緋紅，再加上婀娜身軀，恨不得擁她入懷。他立即吩咐丫鬟，請桃姐至牡丹廳，有要事商量。

一會兒，阿桃便走進牡丹廳，「少掌櫃，對不起！天色已晚，請您下回再來。」

阿傳接著說：「桃姐，今晚我要留宿，請妳務必成全。」

阿桃回說：「少掌櫃，依依是頭牌，你只來第二回，按照行規不能留宿。」

阿傳聞言立刻塞銀子給阿桃。

阿桃又說：「少掌櫃，請你不要為難我。」

阿傳說：「如果銀子不夠，這裡還有，妳可以全部拿去。」

阿桃見到大把銀子，立即改口：「少掌櫃，這可不是銀子的問題？是你讓我白玉樓破了例，將來生意難做啊！你對外絕不能洩漏此事，別忘了！今日是我桃姐成全你的美事。」

阿傳回說：「我對天發誓，今日之事絕不向外人吐露半句。姐姐的恩情，小弟也沒齒難忘。」

阿桃接著說：「少掌櫃，既然如此，我就不打擾你們談心。有事叫丫鬟通知我。」

阿桃笑咪咪的走出牡丹廳，並順手把門帶上，並吩咐丫鬟只許門外伺候，內廳不得擅入。

白玉樓那晚月色皎潔，阿傳與依依在牡丹廳內側的香閨，兩情繾綣纏綿了一夜。

隔天，依依懶起梳妝，她輕輕喚醒阿傳，再幫他披上衣衫，並服侍盥洗完畢。

依依啟口：「公子，是否在此用膳？」

阿傳回說：「不用了，時間不早，商行裡還有事情。」

阿傳緩緩走到依依的身旁，並緊握她的雙手說：「依依，請妳等我，我一定會想辦法替妳贖身。」

依依含情脈脈望著他，「公子，你對我的情意，今生無以回報。但男兒志在四方，千萬不要為了我這樣的煙花女子……」

阿傳打斷她的話：「妳不必再說了，無論如何，我一定會帶妳離開這裡！請妳相信我。」

依依聽完此話並未惆悵，因為不同的人對她說過千百回。

此時日上三竿，阿傳急忙走出牡丹廳，並隨手推開臨街窗牖，街道上早已市聲鼎沸。他怕自己尋歡事發，只好匆匆趕回林記商行。

阿傳為了依依，每隔一週便偷偷溜到白玉樓酒家。因花天酒地所費不貲，他便開始在商行的帳目上動手腳。大娘施翠蓮甚少過問商行事務，而福伯與阿順仔又相信阿傳經商能力，更讓他的膽子越來越大。後來阿傳為了替柳依依贖身，竟偷偷拿林記商行權狀向萬通錢莊典押借錢。

湊巧掌櫃宋萬里遠至打狗辦事，錢莊夥計只認東西不認人。因林記商行在艋舺當地無人不知，無人不曉。夥計依規定完成典押手續便開立銀票，阿傳取了銀票，頭也不回，直奔白玉樓酒家。

「喲！原來是少掌櫃，急急忙忙的，有何貴事？」

阿桃正在大廳招呼客人，阿傳急拉阿桃的手逕赴蓮花廳，「桃姐請跟我走，有要事與妳商量。」

阿桃一臉茫然跟在阿傳身後，「少掌櫃，到底發生什麼事？這裡說不行嗎？」

兩個人一前一後，匆匆走進蓮花廳，阿傳進廳後立即帶上大門。

「少掌櫃，什麼大事如此費心？」

「桃姐，不瞞妳說，今天要與妳商量依依贖身之事。」

阿桃臉色驟變，「少掌櫃，我今天還要做生意。你可不要開玩笑！」

阿傳接著說：「我今天是誠心誠意要替依依贖身。」

阿桃又說：「少掌櫃啊！依依是本店頭牌，這贖身錢可不是小數目。」

阿傳急問：「到底是多少銀子？」

阿桃笑一笑後開口：「依依是我費盡心思自唐山贖回的，如果有人要替她贖身，少說也要三萬八千兩銀子，否則免談！」

阿傳聽完，喜孜孜掏出一張銀票，「桃姐，這裡是四萬兩銀票，請把依依的賣身契交給我。」

阿桃看到萬通錢莊的銀票嚇了一跳，「少掌櫃，這麼多的錢是從哪裡來的？」

阿傳回說：「快把依依的賣身契交給我，其他的事妳就不必管了。」

阿桃說：「就算買賣也有個程序，最好立個字據以免反悔無憑。」

阿傳說：「姐姐，一切都依妳的意思，但此事千萬不要讓依依知道。」

阿桃接著說：「既然如此，我先請人立個字據，明日午後再來簽約。」

第二天上午，阿傳就出現在白玉樓酒家。

阿桃見到他就說：「少掌櫃，你還真是急性子，此刻才入午，你就出現，請先到蓮花廳喝盞茶，我隨後就到。」

阿傳在蓮花廳內坐立難安，不久阿桃拿了筆硯進來，她把贖身字契攤在桌上後開口：「少掌櫃，這件事情你可要想清楚，以免日後反悔。」

阿傳說：「我與依依真心相愛，今生絕不後悔！」

「既然你想清楚了，我也不占你便宜，就三萬八千兩銀子。賣方由我先簽字捺印，買方再交給你簽字捺印。」

阿傳拿起筆立刻在兩張字契上畫押捺印，一張字契自己保留，另一張交還阿桃，同時拿了萬通錢莊三萬八千兩銀票給她。

阿桃收起銀票，隨後就把柳依依原賣身字契交給阿傳後說：「少掌櫃啊！依依是我白玉樓頭牌，我見你們難分難捨才忍痛割愛，少了依依，我們生意可就難做了。依依就像我的女兒，我可是把她捧在手心上。現在既然是你的人了，你可要好好待她，千萬不要讓她受到一點委屈。」

阿傳回說：「我好不容易才替她贖了身，當然會好好待她。」

阿桃接著說：「依依在牡丹廳房裡小憩，你當面向她說清楚，今天可先收拾細軟，明日再走不遲。」

「謝謝桃姐成全！謝謝桃姐成全！」

阿傳急忙走進依依的香閨，她正在梳妝畫眉。阿傳自背後攬腰，並將賣身字契攤在她的眼前。

「依依，我已替你贖了身，今後妳就是我的人了。今天起不必接客，可先收拾隨身衣物，明天一早我就接妳走。我在林記商行附近買下一座宅院，明天妳先搬到那裡住。」

依依聽完未喜反憂，並落下眼淚：「公子，妾身已是殘花敗柳，你花這麼多的銀子為我贖身，只怕日後你會後悔的！」

「依依不必再說了，妳我真心相愛，我要與妳厮守一生，永不後悔。」

「好了！今天是開心的日子，妳先把眼淚擦乾。我有事先回商行去，明天再來接妳。」

依依聽完後說：「可是，公子……」

阿傳打斷她的話，「妳不要再傷心了，明天一早我就來接妳。」

阿傳輕撫依依的雙頰，再緩緩離開牡丹廳，他走到門口又回頭說：「放心！明天一早我就來接妳。」

第二天一早，阿傳就出現在白玉樓門口，因營業時辰未到，大門緊閉。他不敢叩門擾人，只好枯坐門階上。

好不容易時辰入巳，一位丫鬟輕啟大門，打掃階前落葉，一見阿傳嚇了一跳，「啊！少掌櫃，怎麼一大早就坐在這裡？」

「我是來接依依小姐的。」阿傳邊走邊說。他逕往牡丹廳裡走。

阿傳一進房門，便看到依依坐在梳妝臺前，丫鬟正替她梳洗妝扮。

不久阿桃走了進來，「依依，我的心肝女兒，媽媽是真捨不得妳啊！要不是你們真心相愛，我是絕不答應的。現在放妳走，白玉樓就算關門了。」說完便隨意流下幾滴清淚。

依依明知阿桃重利不重義，但也不能當場得罪她，「媽媽，謝謝妳多年來的照顧，我在此向妳行禮！」說完就跪了下去。

阿桃急忙把她扶了起來，「依依請起，無須行此大禮。只要妳跟阿傳能過上幸福的日子，我就放心了。」

阿傳揹起依依的包袱，並牽著她的手，兩個人連忙離開牡丹廳。

當依依踏出酒家大門時，不禁回頭看看紙醉金迷的白玉樓最後一眼。

阿桃經營杏花閣妓院及白玉樓酒家賺了不少錢，再加上最近柳依依的贖身錢。她不希望自己終老在風月酒樓中，早就覬覦林記商行了。

阿傳為了替柳依依贖身向萬通錢莊典押借錢，只繳納半年高額利息，後續便無力繳納。萬通錢莊很快找上林記商行討錢，阿福與阿順仔才知事態嚴重。兩人重新整理帳冊，清點銀子，他們發現阿傳早已虧空商行許多銀子，再加上老闆娘又開立八千兩銀票補償二少爺慶生，接下來商行已無力繳納高額利息。

眼見林記商行將淪落到被拍賣的地步，阿順仔清點完帳冊後，就向福伯跪了下來。

他既羞且愧哭了起來，「逆子，真是逆子，林記商行竟敗在他的手裡。是我教子無方，我一定要把他活活打死！福伯，是我對不起你！也對不起林家！我沒臉待在林記商行了，我現在就去向老闆娘請罪，明天一早我就離開。至於虧空的錢，我只能在外頭做牛做馬，慢慢來還！」

阿福接著說：「阿順啊！起來吧！你一生對林家忠心耿耿，我都看在眼裡。阿傳少不更事，一時糊塗做錯了事，現在問題發生了，大家共同商量解決，逃避無法解決問題。現在我們馬上去向老闆娘報告商行現況。」

大娘施翠蓮聽完阿福的說明，一方面將阿傳送至毘盧寺誦經悔過，不准再插手商行事務；另一方面又派人通知二少爺慶生，希望他趕回來，一起設法處理商行債務。

依依離開白玉樓酒家，便搬進林記商行附近的老宅院生活。一開始，阿傳每天過來探視，偶而也在此地陪她過夜。自從林記商行出了大事，阿傳就被送到毘盧寺誦經悔過，現在只剩她孤獨生活。

有一天她走到番薯市街採買，街道上三姑六婆議論紛紛。

「林記商行這回真的出事了！」

「聽說是阿順仔的兒子迷戀白玉樓的酒家女，竟拿商行權狀向萬通錢莊典押借錢，前幾天被送到毘盧寺誦經悔過。」

「唉！老闆娘施翠蓮經常施米濟貧哩！只可惜林記商行要被拍賣了。」

「紅顏禍水啊！男人貪戀煙花女子，床頭金盡，下場都很淒慘。」

「就是說嘛！婊子無情，戲子無義。」

依依擔心被商家認出，她買完東西，就趕緊躲回老宅院。原先她還懷疑阿傳是否另結新歡？現在終於明白為何阿傳好幾天沒有出現。

其實柳依依剛搬進老宅院時，也想自食其力，她從小熟讀詩書，終因青樓出身，沒人願意把孩子送至此處啟蒙。商行出事月餘，生活所需雖不匱乏，但她也不敢到毘盧寺探門尋人，自然見不到阿傳的身影。

深秋的向晚，一抹殘陽斜照老宅，落葉紛飛更添孤寒。依依痴立在院子的水井旁，想起幾天前市街上的流言。又想到阿傳無力挽救商行，林記商行終將被迫拍賣，這一切的災難似乎都是因她而起。

她緩緩走回房間，並拿出筆硯，留下最後的書信，待墨漬風乾便靜置書桌上方。她又走到梳妝臺前，對鏡敷粉畫眉並輕抿口紅，這是她離開白玉樓後，第一次也是最後一次如此費心打扮。

最終她又走回院子，此時天色已暮，寒鴉驚啼，老宅院裡一片死寂。她慢慢的走近水井旁，一轉眼便縱身跳進那口水井。

幾天後，阿傳匆忙走進老宅院，屋前屋後遍尋不著柳依依。他走進房間看到遺書已感不祥，當他展信一讀就忍不住痛哭失聲。阿傳請人打撈屍首再行火化，並請師父替她作幾場超渡法會，最後將她的長生牌位安厝在毘盧寺的側廂。

萬通錢莊的宋掌櫃知道阿桃一心想買林記商行，但林記商行的老闆娘施翠蓮樂善好施，宋掌櫃又不忍心看到商行被迫拍賣。他找來施翠蓮、阿福、阿順、阿傳及外地趕回的慶生，最後又找上阿桃，相約至萬通錢莊協商林記商行的債務。

宋掌櫃等所有人坐定後，便開口：「林記商行的老闆娘為人善良，我實在不願看到商行被迫拍賣，而白玉樓的老闆娘阿桃又想買下商行。今天算我多事做個公親，希望這件事情能有圓滿結局。」

「阿桃啊！冤家宜解不宜結，妳與林家的恩恩怨怨早該有個了結。我想妳年紀漸大又無子嗣，慶生為人忠厚且父母雙亡，而慶生的養母秀琴又是秀珍的妹妹，不如妳認他為義子，化解上一代的恩怨。」

阿桃聽了就說：「宋掌櫃，難道我以前所受的屈辱就……」

施翠蓮接著說：「是我們林家對不起妳，我在此向妳認錯賠罪！」「老闆娘！妳為人善良，此事並非妳的過錯，我只恨胡麗花和她的姘頭。」

宋掌櫃又說：「那些人早已葬身火窟，且秀珍也因妳而死，一切恩恩怨都該煙消雲散，仇恨只會增加妳的痛苦啊！」

阿桃憶起往事，又想到自己孤獨終老，不禁流下眼淚。

宋掌櫃說：「唉！阿桃，不要再想過去的事了，妳認慶生為義子，冤家變親家，我相信慶生一定會奉養妳終老的。」

施翠蓮也說：「如能化解兩家恩怨再好也不過。」

阿桃看看宋掌櫃，終於點頭答應。

宋掌櫃又問慶生的意思，慶生回說：「我一定會孝順義母的，希望藉此化解上一代的恩怨。」

阿桃正坐在椅子上，宋掌櫃趕緊叫慶生行大禮。

阿桃隨即扶起慶生，又脫下手上玉鐲，要他轉送媳婦阿鸞，慶生起初不肯收下。

宋掌櫃說：「慶生，既然是你義母的一片心意，你就收下，以免見外。」

宋掌櫃又說：「阿桃，既然妳不想終生經營風月酒樓，可先轉讓杏花閣及白玉樓，再買下林記商行，不足的金額再由施老闆娘及慶生拿出銀票補齊。林記商行也不必改名，產權是妳及施老闆娘共有，慶生則負責經營米糧、茶葉等生意。」

慶生說：「我從未經商，恐怕無法勝任。」

施翠蓮開口說：「慶生啊！有阿福及阿順幫忙，你就放心去做。還有儘快將你的妻小接來，我好想看看他們。」

阿桃也說：「慶生，我也好想看看媳婦及孫子。」

慶生回說：「等我把這裡的事情處理好，再接他們過來相聚。」

宋掌櫃看看站在角落的阿傳後，就開口：「阿傳，過來跪下！你對不起老闆娘，也對不起你的父親，更對不起林記商行，因為你的魯莽行事又害死了柳依依。等你在毘盧寺悔過期滿再來找我，念你是個經商營利的人才，因一時糊塗才鑄下大錯。我出資在林記商行附近開設萬通布莊，就由你負責經營管理。同時我將派人到唐山尋訪柳依依雙親的下落，如果有幸找到他們，我會派人將他們帶回艋舺，日後將由你奉養終老，以贖罪愆。」

阿傳聽完淚流滿面，磕頭認錯。

一轉眼經過二年，林記商行在慶生的殷實經營下生意興隆，而附近阿傳經營的萬通布莊生意也蒸蒸日上。

宋掌櫃看到阿傳痛改前非，生意也做得興旺，就將自己的女兒許配給他。另一方面，宋掌櫃派親信阿財拿著柳依依的親筆遺書，多次到她的家鄉尋訪未果，後來終於等到道光登基大赦，柳依依的雙親自邊疆赦還原籍才遇上阿財。

當柳依依的父親看到女兒的遺書後痛哭流涕，阿財安慰依依雙親，並將阿傳願奉養終老的心意一一說明。依依雙親流放遇赦，舉目無親，只好答應阿財一起渡海來臺。

依依雙親來到艋舺後，阿傳夫婦將他們視為親生父母奉養，代替柳依依完成生前心願。至於阿桃自從認慶生為義子後，就常與施翠蓮相伴至毘盧寺誦經禮佛。而林記商行的老闆慶生與妻子阿鸞在每年陰曆八月十五均於毘盧寺前施米濟貧，以報答養母秀琴再生之恩。

貓公

「嗶嗶剝剝……」送殯車隊隨手擲出鞭炮，煙塵隨風飄散，隊伍綿延約三百公尺，狗兒被炮聲驚嚇對著屋外狂吠。

「小孩子不要看，以免被煞到。」大人一邊好奇的往屋外看，一邊揮手叫小孩躲進房間。

「細雨就像梨花淚，點點滴滴都可貴……」電子琴花車女郎隨著高分貝音樂扭腰擺臀。

「匡、匡、匡……」銅鑼一聲緊接著一聲，突然間「咚、咚……」鼓聲震天聲勢奪人。

「貓公！是貓公在打鼓。」虎背熊腰，或許應該說他的背更像一座駝峰，全身黧黑，一雙炯炯有神的大眼射出懾人的青光。一年到頭只披件薄汗衫，赤腳站在貨車上，兩隻粗壯有力的手臂不停的擊鼓。

「是貓公！是貓公！你出去瞧瞧到底是不是那個貓公？」一個小孩把另一個小孩推擠出房門，自己卻又龜縮房內。

大人倚門目送露出白嫩玉腿的電子琴花車女郎遠去後，鼓聲漸歇。

「這貓公的背像一座小丘，大家都說長得怪，但鼓打得真好。常人擊不出這般鼓聲，他到底是不是人？」

「貓公有名有姓哩！」

「到底姓什麼？」

「有人說他姓郭，有人說他姓歐，也有人說姓郭生的送給姓歐的，還有人說是海浪沖上來的，防風林裡撿來的。」

「胡說，一定是娘胎生的。」

「整副大鼓一個人就扛上貨車，力氣大得嚇人，就算打娘胎出來的，也一定是妖怪的化身！」

「不可能吧！他鼓打得好又不會傷害人，只是那雙眼……」

大家又走到禾埕上議論紛紛。

「唧唧……」

「嘓嘓……」

蟋蟀和青蛙在仲夏的夜裡高唱著田園交響樂曲。在這濱海的新屋鄉，除了靠近漁港的崁頭厝及笨港一帶漁民較多，其他地方都以務農為生。經過一整天的農忙，夜深了，大家在昏黃的燈下酣睡。一陣涼風從窗外吹進來，追趕著蚊帳嬉戲，蚊帳禁不起挑逗竟跳起舞來，似裙襬般隨意飄蕩飛揚。

裙襬下露出兩隻筍白小腿慢慢蠕動，最終一個小影子緩緩直立起來。「媽，我要屙尿。」

閃爍的微光掠過，一隻迷途的螢火蟲飛出窗外，屋內更添安靜，媽媽沒有起身。

小孩睡眼惺忪用手推搖媽媽，「我要屙尿啦！」

媽媽似在夢囈：「自己去屙啦！」

「我不敢去啦！我怕！」小孩更用力推搖。

媽媽翻過身去，睡夢仍酣，突然嘴裡冒出一句：「貓公來了！打鼓的貓公來了！」

小孩嚇得雙眼緊閉，蜷縮在媽媽身邊，活像一隻被灑上鹽巴的小蛞蝓。

天亮了，公雞啼完數遍，朝霞早已染黃半邊天，鄉間除了小孩、煮飯的婦人，其他人都下田去了。

「唉！這隻小懶豬怎麼又嚇得尿床了？」媽媽打了小孩的屁股，趕緊把尿濕的短褲換掉。

其實有些小孩從未見過貓公本人，但「貓公來了！貓公來了！」卻成了我們家鄉大人恐嚇小孩睡覺用的萬靈丹。

「有人跳埤塘！有人跳埤塘！」師公仔阿發的腳踏車還來不及停好，就在禾埕中間大聲叫著。

人群很快聚集起來，村長伯先騎著腳踏車趕來，接著分駐所外省仔胖所長騎著野狼機車，後座載著一個瘦巡警，也氣喘吁吁趕來。

「發生什麼事？到底發生什麼事？」

阿來嬸說：「大人啊！有人跳進埤塘裡。」

胖所長急忙問：「妳聽誰說的？」

「就師公仔阿發說的。」

阿發連忙走過來，「報告大人，清晨我經過『鬼媽埤』時，守埤塘的阿義講的。一大早他就看到埤塘對岸，一個人鬼鬼祟祟在出水口附近徘徊，經過十分鐘後突然往水裡跳，等他跑到出水口時，連個鬼影也看不到。出水口的水流湍急，一個不小心就會被吸進去。他也不敢跳下去救人，就趕緊叫我找人幫忙。」

「啊！哪裡是『鬼媽埤』？」胖所長一臉疑惑。

「就是我們新屋鄉七號池啦！」村長伯忙著解說。

一群人又急急忙忙趕到「鬼媽埤」，眾人爬上埤塘坡堤，只見池水滿溢，出水口還發出轟隆轟隆的沖刷聲。深秋遇上陰天，坡堤上的季風特別大，吹得芒草唰唰作響，再加上有人跳水自盡，眾人不禁打個寒顫。

胖所長面對眾人，以習慣性的命令語氣，「誰跳下去把他撈起來？」

只見大家面面相覷，沒有一個人敢走向前去。

胖所長見情勢不對，只好對身旁的瘦巡警說：「喂！這次該你跳下去吧！」

瘦巡警低下頭連連搖手，「哦！我從小就怕水，這……」

一群水鴨正悠閒的在附近池面戲水覓食，胖所長故意撿起地上的石頭擲了過去。

「嘎嘎……」幾隻水鴨受驚嚇振翅飛起又落回池面，再游向茫茫的對岸。

「全是沒用的東西！連隻水鴨都不如。」

村長伯終於站了出來，「所長大人，大家都沒用，還是你親自出馬吧！」

胖所長嘆了一口氣，「唉！我現在變胖了，要是當年早就跳下去了。」

坡堤上的強風激起陣陣漣漪，他蔑眼看著躲在人群後面的幾個年輕人，眾人不約而同往後退了幾步。

師公仔阿發忍不住說：「真衰，死屍卡在出水口，連喪事都辦不成！」

一提起喪事就想到打鼓，人群中突然有人大叫：「唉呀！怎麼沒想到貓公？貓公一定有辦法。」

眾人開始聒噪起來，胖所長連忙叫瘦巡警去找貓公。

大約經過半小時，瘦巡警載來貓公。

「啊啊……」他奔上坡堤，對著天空大吼一聲，大家像在夢中突然被他驚醒。有些人急忙準備繩索，有些人找來竹竿、鐵鉤。

貓公的大眼睥睨著墨綠色池水，他不發一語，竟直接跳進池裡。

經過幾分鐘，出水口不斷傳來轟隆轟隆的沖刷怪聲。

「啊！貓公會不會被吸進去？」胖所長緊張大叫：「趕快把水閘門關上！」

幾個年輕人合力轉動開關，終於把水閘門關上，此時轟隆轟隆的沖刷聲才靜止。不久池面冒出水波，眾人來不及眨眼，一個黧黑的人頭就衝出池面，接著一具屍體浮出。

「是貓公！是貓公！」眾人七手八腳把浮屍打撈上岸，後來檢察官才慢慢趕來。

「是我先發現的！」師公仔阿發得意的向檢察官說。

阿義也說：「我守埤塘一大早就起床，我才是最先發現的。」

胖所長也不甘示弱，「水流又猛又急，我當機立斷並冒著生命危險才把屍體打撈上來的。」

瘦巡警忍不住發出噗哧笑聲。

眾人圍著檢察官搶功時，貓公一個人默默的走下坡堤，消失在吵雜的人群中。

我從小只要聽到「有人跳埤塘！有人跳埤塘！」腦海就會出現一個打著赤腳虎背熊腰的人影。

鄉裡的人很快忘了貓公的好，只記得那懾人的大眼與畸形的背。小孩遇上他總是躲得遠遠的，而大人們出事時，就想起他神奇的膂力，但心裡總認為他是隻怪物。鄉間清淡的生活就像煮菜忘了放鹽，總會有人幫忙加油添醋。漸漸的，關於貓公奇奇怪怪的傳聞就陸續出現。

「聽說貓公強姦了他的大嫂阿珠哩！」

「唉！我早就說了，他不是一個正常人，一定是妖怪的化身。」

「這件事到底怎麼發生的？」闊嘴仔好奇的問。

阿來嬸說：「我也是聽說的，可不是我說的。」

有一天晚上，貓公的大哥阿坤出海捕魚不在家，貓公半夜闖進大嫂阿珠的房間企圖強姦。他的大嫂嚇得大叫救命，貓公的父親及左右鄰舍全被驚醒，眾人趕到房間，將貓公團團圍住。只見阿珠披件單薄睡衣，滿臉驚惶羞愧。

「你這隻畜牲！」他的父親大聲叱喝。

貓公平日力大如牛，此刻卻蜷縮在牆角，完全不敢反抗。他被眾人用繩索牢牢捆綁，只發出啊啊的怪聲，似乎想要解釋什麼事情？眾人也沒耐性聽他說完，隨後將他拖到禾埕，並綁在牆柱上，大家才各自散去。

到了第二天中午，阿坤捕魚回來，聽到這丟臉的事真是氣急敗壞，又將貓公關進鐵籠裡。

一直捱到入夜後，阿坤和幾位船員偷偷把鐵籠送上貨車，再運到防風林邊，再以小舢舨接駁到漁船上。漁船在夜色的掩護下，緩緩駛出漁港，到了大海，他們就將鐵籠推入海中。

此時霧氣迷濛，月色慘淡，漁船調頭開回碼頭，阿坤回首遙望洶湧的大海，「唉！你也不要怪我！兄弟情分孽緣一場。」

阿坤折騰了一夜，才疲憊開著貨車回家。

一進門妻子就發現他的臉色不對，「到底發生了什麼事？」妻子不斷的追問。

「沒什麼事，我只是有點累。」

「不可能，你的臉色發白，一定發生了什麼事？」

阿坤終於忍不住說：「我把那隻畜牲扔到海裡去了！」

「什麼？你說什麼？他是你的親兄弟啊！」妻子驚慌的說。

「我也沒辦法啊！他對妳做出那樣丟臉的事，留下來總是個禍害。」阿坤激憤的說。

妻子接著說：「你出海的那天夜裡，燈光昏暗，我睡到半夜突然驚醒，床邊立著袒胸露肚，雙眼怪突的人，我嚇得驚聲尖叫。接著一群人衝了進來，不分青紅皂白就把他捆綁起來。其實到現在，我也不知道那天夜裡到底發生什麼事？」

阿坤急忙問：「難道那天晚上他沒有對妳非禮？為什麼大家傳得那麼難聽？還有人說一定會生出『小貓公』。」

「到底是誰講出這樣惡毒的話？我只記得那天夜裡，他有拉我的棉被，並無其他粗魯動作。」

「唉啊！妳怎麼不早說呢？」

「半夜裡我先被他嚇了一跳，接著一群人又衝進我房間，嚇得我連話都講不出來。而且阿爸捆綁阿貓，也只是想嚇嚇他，免得他半夜亂闖別人房間，誰知道你竟然把他丟到大海裡。這下子該怎麼辦？」

阿坤一臉無奈，「我也不知道啊！唉！我前世一定是撞破別人祖墳的金斗甕，今生被鬼詛咒和這隻怪物結為兄弟。妳可千萬別走漏風聲，否則我就等著吃牢飯。」

阿珠害怕的說：「唉！這一切都是他的命吧！」

阿坤接著說：「等天一亮，我再開船到附近海域找一找。」

夫妻倆一夜無法闔眼，天快亮時，他們才累得睡著了。

天剛露出曙光，「汪汪……」後門的狗叫得很急。

阿坤邊起床邊說：「阿珠，快去後門看看。」

「誰啊？」阿珠走進廚房，打開後門不禁嚇了一跳。只見貓公全身濕透，一定是昨晚從海裡爬上來的，難怪連家裡的狗都認不得。

阿珠急忙大叫：「阿坤，快來啊！」

阿坤從房間衝到後門，看到阿貓整個人都愣住。

「啊……太冷拉被子……被人打。」貓公吞吞吐吐，比手畫腳，但他的雙腳卻始終站在門外，死都不肯跨進門檻一步。

「阿珠，快去拿衣服給阿貓換，順便拿毛巾給他擦臉。」阿坤現在終於明白，那晚一定是阿珠睡著了，阿貓從她房間經過，看到踢被便進去幫忙拉被子，最後莫名其妙被捆了起來。

阿坤心裡又想：「還好阿貓沒淹死，否則自己就成了殺人凶手。」

「阿貓，快進來換衣服，不要站在外頭吹風！」

貓公站在原地不動。

阿坤有點生氣說：「叫你進來還不進來！」

貓公低著頭依然不動。

過了一會兒，阿坤才緩緩的說：「唉！好了，我知道你是冤枉的，進來吧！」

貓公此時才跨過門檻，慢慢的走進廚房。

有一段時間，鄉裡的婚喪喜慶都看不到貓公打鼓，鄉裡的人非常不習慣，因為別人打鼓少了雄偉澎湃氣勢，就像淋濕的鞭炮聲要死不活的。

快到農曆三月廿三，媽祖誕辰迎神出巡的日子，九斗村長祥宮的主任委員特地找上阿坤，拜託他說服貓公幫忙打鼓。那天一到，家家戶戶門前擺上三牲、金紙。

「嗶嗶剝剝……」媽祖出巡，沿途鞭炮不斷，鄉民焚香膜拜，祈求風調雨順，闔家平安。

「咚、咚……」熟悉的鼓聲又再出現。

「是貓公在打鼓？」孩子們在門口探頭探腦，想看貓公，又怕貓公。

遊行的隊伍造型非常可愛，有英雄躍馬、陸上行舟、真假河蚌、公公背婆婆。緊接在遊藝隊後面的是大鼓陣，貓公赤腳站在貨車上打鼓。

「真的是貓公耶！貓公又打鼓了！」大家好像找回失去的東西非常

興奮。

「唉！這才是真功夫哩！聽說貓公原來使性子不肯打鼓，一定是媽祖婆聖諭。唉！媽祖婆真是靈驗啊！」

「就是啊！你看昨晚還下大雨，今天出巡就出大太陽，媽祖婆真是靈驗啊！」

最後一次看到貓公打鼓是在幾年前回鄉的路上，也是我離鄉到臺北工作的第十年。那一天我坐在公車上，剛好送殯隊伍經過。我看到貓公赤腳站在貨車上擊鼓，鼓聲震天，但貓公兩鬢霜白，面容像風乾的橘皮，我第一次感受到傳說中的貓公老了。小時候以為他是妖怪的化身，再加上種種傳說，看到他就躲得遠遠的。後來我和同鄉的妻子一提到貓公，總是說：「唉！貓公真的老了！」

自此以後在鄉裡的婚喪喜慶，再也看不到貓公的影子，連他的大哥阿坤也不知道他的蹤跡。有人說他回防風林老家的洞穴，也有人說他月圓之日游回大海……

國家圖書館出版品預行編目(CIP) 資料

月光光/姜義湧著. -- 初版. -- 新竹縣竹北市 : 如是文化股份有限公司出版 : 方集出版社股份有限公司發行, 2022.11
面； 公分
ISBN 978-986-5506-78-0 (平裝)

863.57 111016859

月光光

姜義湧　著

發 行 人：賴洋助
出 版 者：如是文化股份有限公司
發 行 者：方集出版社股份有限公司
聯絡地址：100 臺北市中正區重慶南路二段 51 號 5 樓
公司地址：新竹縣竹北市台元一街 8 號 5 樓之 7
電　　話：(02) 2351-1607　　傳　　真：(02) 2351-1549
網　　址：www.eculture.com.tw
E-mail：service@eculture.com.tw
主　　編：李欣芳
責任編輯：立欣
行銷業務：林宜葶
出版年月：2022 年 11 月　初版
定　　價：新臺幣 260 元

ISBN：978-986-5506-78-0 (平裝)

總經銷：聯合發行股份有限公司
地 址：231 新北市新店區寶橋路 235 巷 6 弄 6 號 4F
電 話：(02)2917-8022　　傳 真：(02)2915-6275